W0381172

En 2018, Harlequin fête ses 40 ans !

Chère lectrice,

Comme vous le savez peut-être, 2018 est une année très importante pour les Éditions Harlequin qui célèbrent leur quarantième anniversaire. Quarante années placées sous le signe de l'amour, de l'évasion et du rêve... Mais surtout quarante années extraordinaires passées à vos côtés ! Azur, Blanche, Passions, Black Rose, Les Historiques, Victoria mais aussi HQN, &H et bien d'autres encore : autant de collections que vous avez vu naître, grandir et évoluer, avec un seul objectif pour toutes – vous offrir chaque mois le meilleur de la romance. Alors merci à vous, chère lectrice, pour votre fidélité. Merci d'avoir vécu cette formidable aventure avec nous.

40 ANS

L'empreinte du désir

HEIDI RICE

L'empreinte du désir

Azur

HARLEQUIN

Collection : Azur

Titre original :
VOWS THEY CAN'T ESCAPE

© 2017, Heidi Rice.
© 2018, HarperCollins France pour la traduction française.

Ce livre est publié avec l'autorisation de HARLEQUIN BOOKS S.A.

Tous droits réservés, y compris le droit de reproduction de tout ou partie de l'ouvrage, sous quelque forme que ce soit.
Toute représentation ou reproduction, par quelque procédé que ce soit, constituerait une contrefaçon sanctionnée par les articles 425 et suivants du Code pénal.

Si vous achetez ce livre privé de tout ou partie de sa couverture, nous vous signalons qu'il est en vente irrégulière. Il est considéré comme « invendu » et l'éditeur comme l'auteur n'ont reçu aucun paiement pour ce livre « détérioré ».

Cette œuvre est une œuvre de fiction. Les noms propres, les personnages, les lieux, les intrigues, sont soit le fruit de l'imagination de l'auteur, soit utilisés dans le cadre d'une œuvre de fiction. Toute ressemblance avec des personnes réelles, vivantes ou décédées, des entreprises, des événements ou des lieux, serait une pure coïncidence.

Le visuel de couverture est reproduit avec l'autorisation de :

HARLEQUIN BOOKS S.A.

Tous droits réservés.

HARPERCOLLINS FRANCE
83-85, boulevard Vincent-Auriol, 75646 PARIS CEDEX 13
Service Lectrices — Tél. : 01 45 82 47 47

www.harlequin.fr

ISBN 978-2-2803-7919-9 — ISSN 0993-4448

1.

Arrivée au vingt-sixième étage de la tour de Manhattan West Side qui abritait les bureaux de Redmond Design Studios, Xanthe Carmichael s'engouffra dans le hall étincelant de verre et d'acier, ravie du bruit de mitraillette que produisaient ses talons sur le sol de marbre. Un bruit qui correspondait exactement à ce qu'elle avait à dire à tous ces gens.

Attention, les gars, femme bafouée sur le sentier de la guerre !

Dix ans après avoir été abandonnée par Dane Redmond dans une chambre d'hôtel miteuse de la banlieue de Boston, elle était prête à tirer définitivement un trait sur leur union aussi brève que catastrophique.

En dépit du vide qu'était devenue sa vie.

Six heures de vol depuis Londres. Un sommeil entrecoupé dans le confort sans âme de la classe affaires. Après deux jours et deux nuits passés à se demander comment désamorcer la bombe que le chef de son département juridique avait déposée à ses pieds, le mercredi précédent.

Quoi qu'ait pu représenter pour elle Dane Redmond quand elle avait dix-sept ans, la situation désastreuse qu'avait découverte Bill ne la concernait plus personnellement. Du business et rien d'autre. Et rien qui puisse nuire à Carmichael's, une compagnie maritime qui appartenait à sa famille depuis quatre générations. Elle ferait tout pour la protéger, et pour préserver son nouveau statut d'actionnaire principale et sa fonction de P-DG.

— Bonjour, je suis Mme Sanders, de Londres, déclara-t-elle à l'impeccable réceptionniste, en utilisant le faux nom sous lequel son assistante avait organisé ce rendez-vous. Je dois voir M. Redmond pour discuter d'une commande.

La femme lui adressa un sourire aussi resplendissant que toute sa personne.

— Très heureuse de vous connaître, madame Sanders, répondit-elle en saisissant son téléphone. Si vous voulez bien vous asseoir, l'assistante de M. Redmond, Mel Mathews, va descendre dans quelques minutes pour vous accompagner au vingt-huitième étage.

Le cœur battant, Xanthe traversa une nouvelle fois le hall que décorait une maquette de catamaran grandeur nature pendue au plafond. Une plaque de cuivre poli proclamait que le bateau avait gagné deux fois de suite le Redmond Design, un prestigieux trophée de navigation à voile.

Elle faillit se mordre les lèvres pour tenter d'effacer le rouge qu'elle avait appliqué dans le taxi en venant de JFK, avant de décider de le garder.

La bombe découverte par Bill aurait été plus facilement désamorcée si Dan était resté le garçon que son père avait éliminé en le traitant de « petit voyou sans classe et sans avenir », mais elle ne se sentait pas le moins du monde intimidée par la réussite qu'il connaissait depuis dix ans.

Elle allait lui montrer à qui il avait affaire.

Consciente de l'élégance ostentatoire de ses bureaux de Meatpacking District, le quartier le plus branché de New York, et de la vue époustouflante sur l'Hudson qui s'offrait à elle depuis le hall de réception, elle devait bien reconnaître son éclatante réussite. Quant à son rang de premier designer mondial de voiliers, il ne la surprenait pas le moins du monde.

Il s'était toujours montré intelligent et ambitieux — un marin-né, plus à l'aise sur l'eau que sur la terre ferme. C'était d'ailleurs pour cette raison que le régisseur de son père lui avait confié, cet été-là, la maintenance de la petite flotte de deux yachts et d'un croiseur de poche qu'il entretenait dans leur résidence secondaire de Martha's Vineyard.

Quant à ses loisirs, il les avait entièrement consacrés à la fille de Charles Carmichael, aussi naïve qu'impressionnable. Personne ne lui avait fait le moindre reproche concernant son éthique professionnelle.

Xanthe sentit trembler les muscles de sa cuisse au souvenir aussi vif que perturbant de ses doigts sur sa peau délicate, mais elle ne ralentit pas pour autant. Tant d'énergie et de détermination l'avait attirée à lui aussi inéluctablement qu'un missile guidé par infrarouge. Sans parler du super pouvoir qu'ils avaient découvert ensemble — la faculté qu'avait Dane de déclencher chez elle un orgasme d'une puissance inouïe.

Après avoir déposé son attaché-case sur une table basse, elle se laissa glisser dans un des fauteuils de cuir du hall de réception.

Allons, Xan. Mieux vaut ne pas évoquer ce super pouvoir.

Elle croisa les jambes et serra les genoux pour tenter d'endiguer la chaleur qui envahissait ses cuisses. Jamais le super pouvoir de Dane ne pourrait compenser la douleur qu'il lui avait causée.

Pour dissimuler cette pensée inopportune, elle adressa un grand sourire à la trentenaire qui s'avançait vers elle sur le sol merveilleusement poli. Puis elle reprit l'attaché-case qui contenait le document pour lequel elle venait de parcourir cinq mille kilomètres et se releva, heureuse de constater que ses jambes ne tremblaient plus. Dane Redmond était sans doute coriace, mais il n'était pas le seul.

Cinq minutes plus tard, Xanthe, bien moins sûre d'elle, suivait l'assistante de Dane à travers une foule branchée et laborieuse de jeunes gens penchés sur leurs ordinateurs et leurs tables à dessin. Le bruit de ses talons était totalement amorti par l'épaisseur de la moquette.

L'adrénaline qui lui avait permis de tenir le choc durant les dernières quarante-huit heures sembla soudain se raréfier dans son sang tandis qu'elles approchaient du bureau d'angle vitré où une silhouette masculine se dessinait. Lorsqu'elle reconnut Dane, elle sentit le puits sans fond qui lui creusait l'estomac se transformer en gouffre béant.

Un pantalon gris foncé et une chemise blanche mettaient en valeur ses larges épaules et l'étroitesse de son bassin. Mais sa haute stature, les muscles puissants que révélait la chemise aux manches retroussées, son crâne rasé et son bras gauche tatoué jusqu'au coude, tout évoquait un loup vêtu d'un costume élégamment coupé.

Un filet de sueur glissa entre les seins de Xanthe et la tenue qu'elle avait choisie douze heures plus tôt à Londres — un tailleur gris-bleu et un chemisier pêche adaptés à toutes les humeurs et à toutes les circonstances — se mit à la démanger comme du papier de verre.

Les quelques images qu'elle avait réussi à dénicher la veille sur Internet pour préparer cet entretien ne rendaient pas justice à Dane Redmond, et rien ne pouvait déloger la boule qui s'était formée dans sa gorge. Néanmoins, elle ne ralentit pas. Puis l'assistante frappa à la porte du bureau et l'introduisit dans la tanière du loup.

Deux yeux bleus se rivèrent soudain au visage de Xanthe.

Une lueur de stupéfaction adoucit un instant la dureté de ses traits, mais sa mâchoire se crispa, faisant ressortir la fossette qui lui creusait le menton. Sous son regard implacable, Xanthe sentit son cœur palpiter.

Comment avait-elle pu se convaincre que l'âge, l'argent et le succès réussiraient à dompter Dane, ou du moins à le rendre moins intimidant ?

— Voici Mme Sanders, de…

— Laissez-nous, Mel, coupa Dane sans permettre à

son assistante de terminer les présentations. Et refermez la porte.

En entendant cet ordre formulé d'une voix rauque, Xanthe sentit son cœur s'emballer davantage au souvenir de tous les ordres qu'il lui donnait jadis sur ce même ton impérieux. Des ordres auxquels elle obéissait avec un empressement humiliant. Elle serra si fort la poignée de son attaché-case qu'un de ses ongles céda.

— Bonjour, Dane, dit-elle sur un ton qu'elle trouva étonnamment calme.

— Bonjour, *madame Sanders.*

Cette allusion à peine voilée et méprisante au subterfuge qu'elle avait utilisé ne fit qu'accentuer l'émotion qu'elle tentait de canaliser.

— Si tu es réellement venue acheter un bateau, tu es mal tombée.

Il la toisa de la tête aux pieds d'un air de mépris aussi dérangeant que les sensations qu'il réveillait en elle.

— Je ne fais jamais affaire avec les petites filles riches trop gâtées.

Son regard remonta vers le visage dévasté de Xanthe.

— Surtout celles avec qui j'ai eu la bêtise de me marier.

2.

Xanthe Carmichael.

Dane Redmond venait d'encaisser un sacré coup à l'estomac. Et il avait dû produire un effort inouï pour ne pas le montrer.

Cette fille avait jadis hanté ses rêves les plus fous avant de devenir la protagoniste de ses cauchemars. Et voilà qu'après l'avoir rejeté comme un malpropre elle avait l'audace de faire irruption dans son bureau, dans cette entreprise qu'il avait lui-même créée, pour s'immiscer de nouveau dans sa vie !

Elle avait changé. Sanglée dans un tailleur chic, juchée sur de coûteux escarpins, elle ressemblait pourtant encore assez à la gamine qu'il avait connue pour qu'il soit contraint de mettre sa libido en veilleuse, au prix d'un immense effort.

Toujours le même teint de lis et de rose et ces taches de rousseur sur le nez qu'elle s'efforçait maintenant de dissimuler sous son maquillage. Et sa masse de cheveux d'un roux flamboyant qu'elle avait coiffés en chignon, en dépit des mèches qui lui tombaient dans le cou, attirant irrésistiblement le regard vers son décolleté.

Avec ses joues empourprées et ses yeux étincelants, on aurait dit une reine des fées qui venait d'avaler un cafard. Mais malgré ce corps splendide, elle était plus nocive que les sirènes qui entraînent les hommes à leur perte et aussi fiable qu'un serpent de mer.

Il serra les poings sous le bureau pour se retenir de la

plaquer sur son genou pour lui flanquer la fessée jusqu'à ce qu'elle ait le derrière aussi rouge que ses cheveux. Ou de la jeter sur son épaule pour l'emmener dans un lieu sombre et tranquille, lui arracher ce damné tailleur et retrouver la fille sensuelle qui le suppliait jadis de la satisfaire.

Chacun de ces deux désirs était aussi importun que l'autre, puisque désormais, pour lui, elle ne signifiait plus rien. Absolument rien. Dix ans plus tôt, il s'était retrouvé allongé sur la route devant la résidence de son père à Martha's Vineyard avec trois côtes cassées, débordant de colère et d'humiliation. Il s'était alors juré que jamais plus une femme ne ferait de lui son jouet.

— Si je suis ici, c'est parce que nous avons un problème...

Elle hésitait, la bouche un peu tremblante.

— Un problème que je suis venue résoudre.

— Je ne vois pas comment *nous* pourrions avoir un problème, dit-il sur un ton d'une trompeuse douceur. Alors que ça fait dix ans que *nous* ne nous sommes pas vus et que j'espérais bien ne jamais te revoir.

Elle se raidit et la rougeur de ses joues s'étendit à son cou, jusqu'à la limite de son décolleté.

— Moi aussi, je l'espérais, répondit-elle sur un ton courroucé qui le surprit.

Il enfouit ses poings dans les poches de son pantalon pour éviter de se laisser déborder par sa propre colère. Où avait-elle donc la tête pour se permettre de lui parler de cette façon ? Si leur mariage éphémère avait fait une victime, c'était *lui*. Elle avait exhibé ses charmes devant lui jusqu'à ce qu'il perde la tête et la suive comme un chien durant tout un été, avant de le harponner en lui promettant de l'aimer, de l'honorer et de lui obéir. Et puis, à la première difficulté, elle s'était réfugiée dans les bras de papa. Il s'était montré assez stupide pour la croire, et voilà qu'aujourd'hui elle avait le toupet de se présenter chez lui sous un nom d'emprunt et de s'attendre à ce qu'il se montre poli et reconnaissant !

Quel que soit son problème, il ne deviendrait pas le sien. Mais il allait la laisser faire son petit numéro avant de la renvoyer et de la chasser définitivement de sa vie. Et cette fois, pour de bon.

Xanthe posa son attaché-case sur la table en s'efforçant d'ignorer l'hostilité qui irradiait de Dane, en tira les papiers de divorce et les jeta sur le bureau.

Qu'il se comporte en homme des cavernes n'était pas une nouveauté. À dix-neuf ans, il était déjà taciturne, autoritaire et d'une extrême arrogance. Jadis, elle trouvait ce comportement très attirant, parce qu'elle croyait que sous l'homme des cavernes se cachait un petit garçon qui avait besoin de tout l'amour qu'elle était prête à lui donner.

Première erreur… Mais elle en avait commis bien d'autres.

Le petit garçon vulnérable n'avait jamais existé. Et l'homme des cavernes avait toujours refusé ce qu'elle voulait lui donner.

Heureusement, aujourd'hui, cela ne le concernait pas, *lui*. Cela la concernait, *elle*. Et ce qu'*elle* voulait, elle allait faire en sorte de l'obtenir. Parce que, désormais, plus aucun homme ne l'intimidait. Ni son père, ni l'équipe de direction de Carmichael's, et certainement pas Dane Redmond !

— Le problème, c'est…

Elle désigna les papiers posés sur le bureau.

— … que le notaire de mon père, Augustus Greaves, a commis une erreur en remplissant les papiers de notre divorce, il y a dix ans.

Elle débita cette nouvelle d'un seul coup, pour éviter de paraître coupable. Si Greaves était alcoolique, ce n'était pas sa faute, après tout.

— Donc, techniquement parlant, nous sommes toujours mari et femme.

3.

— Tu veux rire ?

Il avait l'air si choqué qu'en d'autres circonstances elle aurait eu envie de rire. En tout cas, toute trace d'arrogance avait disparu de son visage.

— Si je suis venue spécialement de Londres, c'est pour te demander de bien vouloir signer ces nouveaux papiers, et de mettre ainsi fin à ce cauchemar le plus vite possible.

Elle feuilleta le document jusqu'à la page où il devait apposer sa signature et où elle avait elle-même déjà signé. Elle était assez près de lui pour sentir son odeur très particulière, fraîche et virile à la fois, et bien trop excitante à son goût. Elle recula d'un pas, mais trop tard.

— Une fois que tu auras signé ici, *notre* problème sera résolu et je peux te garantir que tu ne me reverras plus.

Elle tira de son attaché-case un stylo en or et le pointa comme un poignard dans la direction de Dane. Il sortit les mains de ses poches mais ne fit pas un geste pour le prendre.

— Tu me crois réellement assez stupide pour signer le moindre papier que tu me présentes sans l'avoir lu d'abord ?

En l'entendant, elle eut du mal à dissimuler un geste de colère. Et un mouvement de panique.

Reste calme. Montre-toi persuasive. Évite la crise.

Elle prit une profonde inspiration et rejeta lentement l'air par la bouche, une technique qu'elle avait mise au point durant ses cinq années à la tête de Carmichael's.

Tant que Dane ignorerait les termes exacts du testament de son père, rien dans les documents qu'elle lui tendait ne pouvait lui révéler le réel motif de sa venue. Et dans la mesure où son père était décédé cinq ans après que Dane l'eut abandonnée, comment aurait-il pu en avoir connaissance ?

Elle se rappela le moment où, bouleversée par la mort de son père, elle avait entendu le notaire lui énoncer les termes de son testament. Elle avait eu du mal à y croire et ce souvenir n'était pas de nature à lui faire recouvrer ses moyens.

« Votre père espérait que vous épouseriez un des prétendants qu'il avait choisis. Il souhaitait dans ce cas vous léguer quarante-cinq pour cent des actions de Carmichael's, et à votre époux, la participation majoritaire en tant que nouveau P-DG. Si, au moment de sa mort, vous n'aviez pas contracté un tel mariage, la part majoritaire serait placée en fidéicommis et gérée par le conseil d'administration jusqu'à ce que vous ayez accompli une période probatoire de cinq années en tant que dirigeante de l'entreprise. Si, à la fin de cette période, les administrateurs reconnaissaient vos compétences de P-DG, ils pourraient vous accorder par un vote six pour cent d'actions supplémentaires. Sinon, ils choisiraient un autre P-DG et laisseraient la part majoritaire en fidéicommis. »

Le délai avait expiré la semaine précédente et le conseil d'administration — contre les attentes du père de Xanthe — avait voté en sa faveur. C'est alors que Bill avait déterré la bombe : à la mort de son père, elle était toujours légalement mariée à Dane, qui pouvait engager une procédure pour obtenir la part majoritaire de la compagnie.

Quelle farce ! Faute d'avoir eu confiance en la compétence de sa fille, son père risquait de voir cinquante-cinq pour cent de son entreprise passer aux mains d'un homme qu'il méprisait. Mais mieux valait écarter cette idée aussi désagréable que culpabilisante, songea-t-elle en voyant Dane composer un numéro de téléphone.

Son père était un homme d'autrefois, désespérément traditionnel, un aristocrate anglais convaincu qu'un mari acceptable se devait de sortir d'Eton ou d'Oxford. Pourtant, il aimait sa fille et il avait voulu faire son bonheur. Mais une fois qu'elle aurait obtenu que Dane signe ce document, toute menace sur la société de son père — sa propre société désormais — serait écartée.

— Jack ? Je voudrais que tu examines un document, déclara Dane au téléphone tout en faisant signe à son assistante qui venait de surgir dans le bureau comme par miracle. Mel va te l'envoyer par coursier.

Il remit le document à son assistante avant d'écrire quelque chose sur un bloc qu'il lui tendit avant qu'elle s'éclipse.

— Vérifie bien chaque ligne, continua-t-il avec un petit rire contraint à l'attention de son interlocuteur... Non, pas exactement. Ce sont des papiers de divorce.

Le coup d'œil appréciateur qu'il adressa à Xanthe réveilla la colère qui couvait dans sa poitrine.

— Je t'expliquerai plus tard le pourquoi et le comment, mais assure-toi qu'il n'y a pas de surprise, poursuivit-il avant de raccrocher et de ranger le téléphone dans sa poche.

Xanthe demeura sans voix durant quelques secondes.

— Tu as terminé ? demanda-t-elle d'une voix qui, malgré tous ses efforts, tremblait d'indignation.

Elle avait fait tout ce trajet, passé des nuits à préparer cette rencontre, sans cesse tourmentée par les souvenirs douloureux de cet été-là. Elle s'était efforcée de rester digne, en dépit de la façon exécrable dont il l'avait traitée. Et lui, il n'avait pas mis cinq minutes à l'envoyer au diable...

— Inutile de faire l'innocente avec moi, lança-t-il, visiblement content de lui. Je sais de quoi tu es capable...

— Espèce de..., commença-t-elle avant de reprendre son souffle, scandalisée par l'outrage. C'est à moi que tu dis de ne pas faire l'innocente ? Alors que tu m'as pris ma virginité avant de me mettre enceinte et de m'épouser pour me laisser tomber trois mois après ?

Il ne lui avait jamais dit qu'il l'aimait, et lors de leur seule et unique dispute, jamais il n'avait tenté d'adopter son point de vue. Pire, quand elle avait vraiment eu besoin de lui, il avait disparu. Submergée de détresse et de fureur, elle sentit remonter à sa mémoire des souvenirs trop douloureux pour qu'elle puisse jamais les oublier.

Le visage de Dane pâlit, puis deux taches rouges apparurent sur ses pommettes tandis qu'il la regardait d'un air incrédule.

— Tu prétends que c'est moi qui t'ai laissée tomber ? cria-t-il.

— Oui, tu es parti en me laissant dans cette chambre d'hôtel, et tu n'as plus répondu à mes appels. Comment tu appelles ça ?

Elle n'était plus une gamine amoureuse, trop timide pour se défendre et s'opposer à lui.

— J'étais à trois cents kilomètres, en pleine mer, en train de naviguer sur un thonier. Si je ne t'ai pas répondu, c'est qu'il n'y avait pas de réseau au milieu de l'Atlantique Nord. Et quand je suis rentré, une semaine après, je me suis aperçu que tu t'étais réfugiée chez ton père.

En apprenant où il se trouvait au moment où elle avait perdu leur bébé, elle resta un court instant sans voix. Il aurait au moins pu l'appeler pour la mettre au courant avant d'embarquer… « Silence radio », c'était depuis toujours sa devise.

Elle avait ensuite demandé au personnel de contacter Dane pour lui annoncer ce qui était arrivé au bébé. Mais il n'avait jamais répondu, sinon pour renvoyer signés les documents nécessaires au divorce, quelques semaines après.

Elle aurait pu lui pardonner de l'avoir négligée, elle. Mais ce qu'elle lui reprochait, c'était son manque d'intérêt pour la vie qui s'était éteinte trop vite en elle et son absence totale de compassion. Ça, jamais elle ne pourrait le lui pardonner.

Cela l'avait torturée pendant des mois. Il lui avait tellement menti, tellement juré qu'elle pourrait toujours compter sur lui, qu'il respectait sa décision de vouloir garder cet enfant. Sans parler de ce mariage de comédie auquel il s'était prêté tout en sachant parfaitement qu'il allait la quitter à la première occasion.

Pendant longtemps, elle n'avait pas compris, et puis elle avait fini par ouvrir les yeux. Il avait toujours évité de parler de l'avenir, du bébé. Jamais il n'avait répondu à ses déclarations d'amour, et quand elle lui avait proposé en toute innocence de chercher elle-même du travail parce qu'il avait du mal à régler la note du motel, il était parti en claquant la porte.

Il en avait vite eu assez du mariage et des responsabilités qu'il impliquait, même si le sexe demeurait le seul lien qui les unissait. En fait, jamais il n'avait voulu d'elle ni de leur bébé. S'il lui avait proposé de l'épouser, c'était sans réfléchir, et il l'avait vite regretté. Et quand elle avait perdu l'enfant, il avait trouvé là le prétexte parfait pour la laisser tomber.

À l'époque, elle avait été anéantie par cette révélation. Comment avait-elle pu se tromper à ce point sur lui ? Sur eux ? D'un autre côté, cela lui avait permis de franchir un cap : elle avait survécu, recollé les morceaux de son cœur brisé, et elle était devenue la femme qu'elle était aujourd'hui, qui s'assumait sans compter sur les autres.

La compagnie dont elle avait hérité était devenue sa raison de vivre. Cet automne-là, quand ils étaient rentrés à Londres, elle avait supplié son père de lui procurer un stage au plus bas niveau et elle s'était mise à travailler d'arrache-pied sur la logistique du transport maritime européen.

Au début, elle y avait trouvé un dérivatif, un moyen de combler le grand vide qu'elle ressentait. Mais peu à peu, elle s'était prise au jeu. Elle avait réussi haut la main son MBA et appris le français et l'espagnol en travaillant dans des filiales de Carmichael's, à Calais et à Cadix. Elle avait même réussi à obtenir de son père, avant sa mort, un poste au siège social de la compagnie, à Whitehall, sans céder à ses tentatives pour lui trouver un mari « convenable ».

Si elle était arrivée à la position qu'elle occupait aujourd'hui, c'était grâce à un travail acharné et à sa volonté de devenir totalement autonome. Alors, pas question de baisser la garde et de laisser Dane Redmond la culpabiliser alors que c'était lui qui avait anéanti tous ses espoirs et ses rêves avec une cruauté qu'elle ne méritait pas.

— Tu m'avais promis d'être toujours à mes côtés, reprit-elle d'une voix blanche. Tu m'avais juré protection et assistance, et au moment où j'aurais vraiment eu besoin de toi, tu n'étais pas là.

— Je ne vois pas pourquoi tu aurais eu besoin de moi ! s'exclama-t-il avec dans le bleu glacial de ses yeux une lueur qui la réduisit au silence.

Une lueur où elle pouvait lire toute la rage qui l'habitait.

Brusquement, elle se sentit de nouveau submergée par l'affreux désarroi qui l'avait tourmentée durant toute son adolescence.

Pourquoi lui en voulait-il à ce point alors que tout ce qu'il pouvait lui reprocher, c'était d'avoir essayé de l'aimer ?

— J'aurais voulu que tu sois là quand j'ai perdu notre bébé, répondit-elle d'une voix faible.

— Tu aurais voulu que je te tienne la main pendant que tu te faisais avorter de notre enfant ?

— Comment ?

— Tu crois que j'ignore que tu t'es volontairement débarrassée de lui ?

Soudain sa voix accusatrice et son mépris prirent sens dans l'esprit de Xanthe.

— Mais je…

— Dès que je suis rentré de ma course en mer, je

me suis précipité à Martha's Vineyard, la coupa-t-il. On s'était disputés et je venais de trouver sur mon téléphone des messages incompréhensibles. Quand je suis arrivé chez ton père, il m'a dit qu'il n'y avait plus de bébé, il m'a montré les documents que tu avais déjà signés en vue du divorce et il m'a flanqué dehors. C'est comme ça que j'ai découvert ce qui s'était passé : la petite princesse à son papa avait décidé que mon enfant était un désagrément dont elle ferait mieux de se débarrasser !

Dans sa voix, Xanthe ne décelait plus de haine, mais une terrible rancœur. Avait-elle réellement signé la première la demande de divorce ? Elle ne s'en souvenait plus. Tout ce qu'elle se rappelait, c'était d'avoir supplié son père de la laisser voir Dane. Il lui avait alors montré les papiers signés par celui-ci. La vue de son nom écrit noir sur blanc avait anéanti ses derniers espoirs.

— Cette grossesse était une erreur et ce mariage une folie, continua-t-il d'un air profondément écœuré. Si tu m'avais au moins prévenu de tes intentions, j'aurais essayé de comprendre, mais tu n'as même pas eu ce courage, n'est-ce pas ? Ni celui de m'avouer ce que tu avais fait. Et maintenant, tu débarques ici, comme si c'était moi, le grand méchant loup qui avait séduit une gamine innocente. Mais nous savons aussi bien l'un que l'autre que c'est faux. Dans cette fichue comédie, il n'y avait qu'un seul innocent, et ce n'était ni toi, ni moi !

Xanthe se sentit chanceler.

— Ça ne va pas, Red ? s'inquiéta-t-il soudain.

D'une main ferme, il la prit par le bras pour la soutenir à l'instant même où elle se sentait défaillir.

Ce surnom surgi du passé et le contact de ses doigts avaient suffi à faire remonter du fond de sa mémoire des sensations qui la ramenaient vers ces journées volées à Buzzards Bay : la tiédeur de l'air marin, les cris des cormorans, l'odeur salée à laquelle se mêlait l'arôme plus épicé de la sueur et du plaisir dévastateur, vibrant de vie, qui l'envahissait.

Je ne me suis pas fait avorter.

Elle tenta de prononcer ces mots libérateurs, mais aucun son ne sortit de sa gorge.

J'ai fait une fausse couche.

Elle l'entendit prononcer un juron et sentit la pression de ses doigts s'accentuer, mais la cacophonie s'amplifia dans sa tête, si assourdissante qu'elle se laissa glisser d'un coup et s'abandonna.

4.

Comme Dane se penchait pour soulever Xanthe à bras-le-corps avant qu'elle tombe, Mel apparut sur le seuil.

— Mme Sanders est malade ?

— En fait, son nom est Carmichael.

Ou pour être plus précis, Redmond, songea-t-il en contournant son assistante, sans lâcher Xanthe.

— Appelez le Dr Epstein et demandez-lui de venir me rejoindre dans mon appartement.

— Que… Que dois-je lui dire ? s'enquit Mel, qui semblait avoir perdu son calme légendaire.

— Je ne sais pas ce qui lui arrive. Dites seulement à Epstein de monter, lança-t-il par-dessus son épaule avant de sortir du bureau sous le regard stupéfait des chargés du mécénat et du marketing.

L'avaient-ils entendu s'emporter contre Red, s'abandonnant à la rage qu'il gardait enfouie depuis si longtemps ?

D'où cela venait-il donc ?

Une rage qu'il croyait avoir surmontée, mais qu'en réalité il avait toujours ressassée depuis le jour où il s'était présenté chez Xanthe, fou de colère et bien déterminé à la voir, quoi que puisse dire son père.

Évidemment, cette partie de l'histoire, il ne la lui avait jamais racontée. Il en avait trop honte.

Il sentit son pouls s'accélérer et une veine battre à sa tempe. Quand il était arrivé à la porte de la résidence secondaire des Carmichael, il était épuisé, malade d'inquiétude et honteux d'avoir abandonné Xanthe.

Pour un homme qui ne l'avait jamais trouvé digne de baiser les pieds de sa fille — et encore moins de l'épouser — il avait donc constitué une proie facile. Il revoyait encore l'expression méprisante de Charles Carmichael, il entendait encore sa voix dédaigneuse lui annoncer qu'il n'y avait plus de bébé. D'ailleurs, sa fille avait pris la décision raisonnable de rompre définitivement avec l'individu toxique qu'elle n'aurait jamais dû épouser.

L'injustice de cette décision, le sentiment de perte et la colère qu'il éprouvait avaient accentué l'immense vide qu'il ressentait depuis son enfance. Il avait explosé de rage, mais les gardes du corps de Carmichael l'avaient chassé sans ménagement.

Sans doute sa colère avait-elle continué à couver dans son inconscient, sinon il n'aurait pas à ce point paniqué sur un événement qui ne signifiait plus rien pour lui désormais.

Cet été-là, Xanthe l'avait ensorcelé. Par son charmant accent, par ses courbes menues et sexy que mettaient en valeur le minishort et les T-shirts moulants qu'elle affectionnait. Par son esprit vif et curieux aussi, et sa façon ingénue de flirter, de plus en plus audacieuse. Et elle avait fini par enlever son short…

L'affection évidente qu'elle lui portait flattait Dane, et lui donnait l'impression d'être quelqu'un, lui qui n'avait jamais compté pour personne. Mais ce qui les liait, c'était le désir fiévreux de l'adolescence. Il aurait été fou de croire qu'il pouvait y avoir autre chose, surtout quand elle s'était réfugiée chez son père après avoir vu comment on vivait sur le salaire d'un marin.

Xanthe remua et sa chevelure effleura le menton de Dane.

— Ne bouge pas, je m'occupe de toi.

Jadis, il s'était senti responsable d'elle, mais ce n'était plus le cas, même si les papiers prouvaient le contraire et si, en la revoyant, il avait ressenti une vague émotion.

— Où m'emmènes-tu ?

Du coude, il pressa le bouton de l'ascenseur et fut heureux de voir les portes s'ouvrir, lui permettant d'échapper à la contemplation de tous. Il y pénétra et appuya sur la touche « penthouse ».

— Chez moi. Au dernier étage.

— Que s'est-il passé ?

Elle avait toujours le regard vitreux et ses joues étaient livides. Elle paraissait jeune, innocente et effrayée — exactement comme jadis.

« Le test est positif. J'attends un bébé. Qu'allons-nous faire ? »

— On était en train de se disputer, et puis je t'ai vue glisser par terre.

— J'ai dû perdre connaissance, répondit-elle tandis que ses joues reprenaient un peu de couleur. Mais tu peux me reposer. Ça va mieux.

Il resserra son étreinte en levant un sourcil sceptique.

— Tu t'évanouis souvent, comme une héroïne de roman à l'eau de rose ?

Elle s'abstint de répondre et leva le menton, tandis que l'ascenseur s'arrêtait au dernier étage et que les portes s'ouvraient sur une vue panoramique des gratte-ciel du centre-ville.

Ce spectacle flattait en général l'ego de Dane et lui procurait une intime satisfaction. Le mobilier de designer, la structure de verre et d'acier, le toit-terrasse agréablement paysager et le spa qui scintillait dans la lumière du soleil couchant, tout était à mille lieues du trou à rats sordide où il avait grandi. Durant les deux dernières années, il avait travaillé comme un fou et dépensé une bonne part de son capital pour parachever son œuvre…

Il déposa Xanthe sur le canapé de cuir placé au centre du salon et recula, gêné par la chaleur étrange qu'il éprouvait au creux du ventre. De son côté, elle semblait tout occupée à arranger ses cheveux, le regard fuyant. Sa respiration haletante faisait frémir ses seins sous son chemisier.

— Merci, mais ce n'était pas la peine de me porter jusqu'ici, dit-elle en évitant toujours de croiser son regard.

Il ravala sa déception, contrarié qu'elle ne fasse aucun commentaire sur l'appartement.

— Le médecin de la compagnie va monter t'examiner.

Elle le fixa d'un air à la fois exaspéré et embarrassé.

— Inutile. Ce doit être l'effet du décalage horaire.

— Tu le diras au Dr Epstein.

Qu'elle le veuille ou non, un médecin allait l'examiner. Elle n'était plus sous sa responsabilité, mais elle était chez lui et elle devrait se plier à ses règles.

Quand la sonnerie de l'ascenseur retentit, Dane traversa le salon pour accueillir le médecin et esquissa un sourire victorieux en entendant Xanthe se lever.

Il préférait encore affronter sa colère que de la voir s'évanouir sous ses yeux.

5.

— Tout ce que je peux vous prescrire, c'est un repas équilibré et dix heures de sommeil profond, dans cet ordre.

Le brave Dr Epstein posa sur Xanthe un regard sévère, comme quand elle avait quatre ans et que sa nounou la grondait parce qu'elle refusait de faire la sieste.

— Votre tension est trop élevée et votre malaise a sûrement pour cause le manque de nourriture et de sommeil. Tout ça, c'est la faute du stress, madame Carmichael, ajouta-t-il.

Comme si elle l'ignorait, alors que la source de ce stress se tenait à deux pas, aux aguets. Elle se serait pourtant bien passée de ce genre de diagnostic. Dane n'avait pas besoin de savoir qu'elle n'avait pas bien dormi ces derniers temps ni avalé un vrai repas depuis mercredi matin.

Pourtant, jamais de toute sa vie elle n'avait perdu connaissance. Enfin, pas depuis…

Ne plus revenir là-dessus. Jamais.

Elle n'avait déjà passé que trop de temps à ressasser ces mauvais souvenirs avant de s'évanouir « comme une héroïne de roman à l'eau de rose », pour citer Dane. Heureusement que c'était arrivé avant qu'elle lui révèle la vérité concernant sa fausse couche.

Après avoir repris connaissance dans ses bras, la joue nichée contre sa poitrine solide comme le roc et le cœur battant, elle avait recouvré ses esprits en rougissant de honte.

Si elle était venue, c'était pour mettre un terme définitif

à leur relation, pas pour réveiller une angoisse venue du passé. En répondant aux questions que se posait Dane, elle risquait d'endosser une fois de plus le rôle de la faible femme qui a besoin d'un homme pour la protéger.

Même si cela avait été le cas par le passé. Les manœuvres despotiques de son père les avaient définitivement privés de toute chance de mettre fin à l'amiable à leur relation. À la suite de quoi il avait commis l'erreur fatale de confier leur divorce à un de ses vieux camarades d'école, Augustus Greaves, notoirement incompétent.

Mais aujourd'hui, son père était mort, et avec le recul, elle reconnaissait qu'en dépit de ses défaillances il avait sans doute cru agir dans l'intérêt de sa fille. Même si, sur le moment, cela l'avait démolie. Peut-être, sinon, serait-elle revenue vers Dane ? Peut-être aurait-elle commis la folie d'essayer de recoller les morceaux d'un mariage qui depuis le début avait été une erreur ?

Mais elle n'avait plus rien à gagner à lui révéler la vérité, dix ans trop tard. Cela ne ferait que réveiller son instinct dominateur qu'elle avait trouvé si romantique cet été-là. Parce qu'elle y voyait une preuve d'amour, alors qu'en fait cela ne faisait que montrer que, tout comme son père, il ne la considérait pas réellement comme une égale.

Tout à l'heure, entre ses bras, elle s'était sentie enfin aimée, comprise, mais ce devait être l'effet de ses hormones…

Elle préférait qu'il la respecte d'avoir eu le courage de se faire avorter, même s'il devait la détester, plutôt que de provoquer sa pitié en lui avouant la vérité. Aujourd'hui, elle était une pragmatique, une femme avisée entièrement axée sur sa carrière, en dépit de ce malheureux malaise provoqué par la faim, la fatigue et le stress. Dieu merci, elle n'était plus assez folle pour chercher un amour qui la comblerait !

Tout au plus éprouverait-elle un léger regret à l'idée qu'il était venu la chercher chez son père, qui l'avait mis à la porte. Mais le fait qu'il en ait tiré la pire des conclusions suffisait à prouver qu'il ne l'avait jamais comprise. Comment avait-il pu croire qu'elle ait voulu avorter ?

— Je vous remercie pour vos conseils, docteur, répondit-elle tandis que l'homme rangeait son matériel dans son sac. Je vais dîner à l'aéroport et je dormirai dans l'avion.

Normalement, après toutes ces émotions, elle devrait dormir comme une souche. Elle se redressa pour consulter sa montre, mais préféra rester assise sur le canapé car la tête lui tournait de nouveau.

— Comment ? Vous allez reprendre l'avion dès ce soir ? s'enquit le Dr Epstein en la fixant d'un air sévère comme si elle faisait un caprice.

— Oui, à 19 heures. D'ailleurs il faut que j'y aille.

Il ne lui restait plus qu'une heure avant d'embarquer pour Londres.

L'expression du médecin se fit plus réprobatrice encore.

— Je vous le déconseille vivement. Il faut prendre le temps de récupérer. Vous venez d'être victime d'une grave crise d'angoisse.

— Pardon ? s'écria-t-elle, consciente de la présence de Dane qui, derrière elle, ne devait pas en perdre une miette. Ce n'était pas une crise d'angoisse, mais un simple petit malaise.

— M. Redmond m'a dit que sous le coup d'une forte émotion vous avez perdu connaissance durant plus d'une minute. C'était bien plus qu'un léger malaise.

— Euh... Merci pour vos conseils, docteur, répondit-elle comme si elle se préoccupait fort peu de l'opinion de M. Redmond sur le sujet.

— Je vous en prie, madame Carmichael.

Tandis que Dane raccompagnait le Dr Epstein, elle resta assise, furieuse qu'il ait entendu ce diagnostic avisé. Elle avait eu beau faire preuve du plus grand détachement durant la visite du médecin, elle était loin de se sentir à l'aise. Après les journées stressantes qu'elle venait de vivre, elle était absolument épuisée. Et les révélations que Dane lui avait faites durant leur conversation dans son bureau n'avaient pas contribué à l'apaiser.

D'ailleurs, puisqu'elle était en train de jouer seule au jeu de la vérité, autant reconnaître à quel point cette rencontre l'avait déstabilisée. Et encore plus maintenant qu'elle se retrouvait seule avec lui dans son appartement.

Elle remit la veste qu'elle avait ôtée pour que le Dr Epstein prenne sa tension. Il était temps maintenant de se retirer, rapidement et avec dignité.

— Où se trouve mon attaché-case ? demanda-t-elle d'une voix plus aiguë qu'elle ne l'aurait voulu.

— Il est resté dans mon bureau, répondit-il. Je n'ai pas pu le monter parce que j'avais les mains occupées. Par toi.

— Je vais passer le chercher en descendant, répondit-elle, ignorant le sarcasme, avant de se diriger vers l'ascenseur.

Il fit un pas de côté pour lui barrer la route.

— Ce n'est pas ce qu'a prescrit le médecin.

— Ce n'est pas *mon* médecin, répliqua-t-elle en évitant de regarder les muscles qui se dessinaient sous le fin coton blanc de sa chemise. Je n'ai pas à suivre ses prescriptions.

La mâchoire de Dane se crispa, ce qui attira l'attention de Xanthe sur la fossette qui lui creusait le menton. Soudain, elle eut envie de l'embrasser et se mordit la lèvre. Qu'est-ce qui lui arrivait encore ?

Elle essaya de le contourner, mais il s'écarta et elle vint se heurter à ses pectoraux. Elle fit un bond en arrière.

— Laisse-moi passer.

— Red, du calme.

En l'entendant utiliser cet ancien surnom, elle sentit son cœur s'emballer.

— Pas question de me calmer, comme tu dis. J'ai un avion à prendre.

Sa voix était montée d'un cran et elle se sentait de nouveau au bord du malaise.

— Mais tu trembles !

— Non, je ne tremble pas !

Évidemment, il avait raison. Il se tenait beaucoup trop près d'elle et même s'il ne la touchait pas, elle le sentait sur tout son corps — sur sa poitrine haletante, entre ses cuisses brûlantes... Comme s'il suffisait que Dane Redmond soit présent dans un rayon de dix kilomètres pour que son corps réagisse.

— À moins que tu aies une moto sous la main, tu as déjà raté ton avion, lui fit-il remarquer d'une voix tranquille qui la mit au bord de l'hystérie. À cette heure, la circulation est particulièrement difficile et il est impossible d'atteindre JFK en moins d'une heure.

— Dans ce cas, j'attendrai l'avion suivant à l'aéroport.

— Pourquoi ne pas renoncer et prendre un vol demain matin comme te l'a conseillé Epstein ?

Et rester ici ? Dans son appartement ? Seule ? Sûrement pas !

— Non, merci.

De nouveau elle tenta de le contourner. Mais il lui prit le coude et elle sentit un courant électrique monter le long de son bras.

— Comment puis-je m'excuser ?

— De quoi ?

Était-il sérieux, lui qui, un peu plus tôt, avait fait preuve à son égard d'une telle intransigeance ? Jamais elle ne l'avait entendu s'excuser auparavant.

— Pour m'être emporté contre toi dans mon bureau sur un sujet qui n'a plus aucune importance aujourd'hui.

C'était bien la dernière chose à laquelle elle se serait attendue. Mais l'expression de son visage suffisait à prouver qu'il était sérieux.

— Tu n'as pas à t'excuser de m'avoir dit ce que tu pensais. D'ailleurs, si tu insistes, moi aussi, je pourrais te présenter mes excuses. Tu as raison. J'aurais dû te consulter au sujet de... de cet avortement.

Le mensonge était amer, comme une trahison du petit

être qu'elle avait tellement désiré tenir dans ses bras. Mais c'était le seul moyen de mettre un terme définitif à tous ces rêves fous. Pour lui comme pour elle.

— Red, tu n'as pas à t'excuser de l'avoir fait.

Il se passa la main sur le crâne, et ce geste de frustration fit soudain surgir un souvenir dans la mémoire de Xanthe. Elle se rappela lui avoir caressé doucement les cheveux tandis qu'ils étaient allongés sur le pont du petit yacht, comblés après avoir fait l'amour pour la première fois.

Elle essuya ses paumes moites à sa jupe en tentant de chasser ce souvenir, mais sa mémoire rebelle s'évertuait à la ramener à ce moment.

— Je comprends pourquoi tu l'as fait, continua Dane, tandis que ce souvenir érotique affolait les sens de Xanthe. Tu n'étais pas encore prête à être mère, et j'aurais sans doute fait un très mauvais père.

Il reconnaissait donc qu'elle avait eu raison. Le problème était définitivement réglé. Mais alors qu'elle aurait dû se satisfaire de cette victoire, elle avait en bouche un goût très amer. Car *elle*, elle était prête à être mère, comment avait-il pu en douter ? Il ne savait donc pas à quel point elle avait désiré leur bébé ? Et comment pouvait-il penser qu'il aurait fait un mauvais père ? Cela avait-il quelque chose à voir avec toutes ses blessures secrètes, cette enfance et cette famille dont il n'avait jamais voulu parler ?

Allons, regarde la réalité en face. Tu n'es plus concernée par ce fichu conte de fées.

Dans sa folie d'adolescente romantique, elle s'était convaincue qu'elle allait le sauver en l'aidant à surmonter ce passé dont il refusait de parler. Mais ce beau conte de fées s'était mal terminé…

— J'aurais pourtant voulu qu'on se quitte bons amis, dit-elle enfin, prête à accepter la branche d'olivier qu'il lui tendait.

— Moi aussi. Mais il faut que tu passes une nuit tranquille. À te voir, je me dis qu'il suffirait d'un souffle pour te faire tomber.

Son regard inquisiteur s'attarda sur ses cheveux qui devaient avoir l'air d'un nid d'oiseau. Sans parler de ce creux dans son ventre qui se faisait de plus en plus profond.

— Je m'en sens responsable, reprit-il avec une douceur qui contrastait curieusement avec la crispation de sa mâchoire.

— Je t'ai déjà dit que tout allait bien. Et j'aimerais te convaincre que tu n'es responsable de rien.

— Réfléchis encore. D'ailleurs, jusqu'à ce que j'aie signé ces papiers, légalement, tu es toujours ma femme.

C'était idiot, mais pas davantage que les battements désordonnés de son cœur, ni cette sensation qu'elle éprouvait au creux du ventre au simple son de sa voix.

— Ne sois pas ridicule, Dane. Nous ne sommes plus mariés depuis dix ans. Il s'agit d'une simple erreur administrative que tu ignorerais encore si je n'étais pas venue te voir aujourd'hui.

— À propos..., commença-t-il en lui glissant une mèche de cheveux derrière l'oreille, pourquoi es-tu venue en personne ici alors que tu aurais très bien pu confier cette affaire à ton avocat ?

Question pertinente, et à laquelle elle ne pouvait apporter une réponse cohérente. Le doigt de Dane lui effleura le cou et descendit jusqu'au creux de sa gorge, faisant naître en elle une sensation brûlante.

Il fallait qu'elle lui dise d'arrêter. Qu'elle parte. Mais quelque chose de plus profond et de beaucoup plus primitif la forçait à rester.

— Tu sais ce que je pense ? dit-il d'une voix rauque.

Elle hocha négativement la tête. Pourtant, elle savait, mais elle n'avait pas envie de l'entendre.

— Je crois que je t'ai manqué.

— Allons donc ! Je n'ai plus pensé à toi depuis des années, protesta-t-elle dans un souffle avec un air qui n'aurait convaincu personne.

Il esquissa ce demi-sourire qui était une véritable invitation au péché et auquel elle n'avait jamais su résister.

— Tu ne te rappelles donc pas comme c'était bon, toi et moi ? répliqua-t-il d'un air moqueur, le doigt toujours posé sur sa gorge, à l'endroit où battait son pouls. Moi, si.

Du pouce, il effleura la ligne de son décolleté dans une caresse qui aurait pu brûler la soie de son chemisier.

— Non…

Le pouce de Dane descendit lentement pour effleurer le bout d'un de ses seins, et à travers la soie et la dentelle, elle en sentit le contact possessif, insistant, quasi électrique.

Elle aurait dû lui dire de cesser, car il n'avait plus aucun droit de la toucher ainsi. Mais ses lèvres refusaient de former le moindre son. Elle arqua le dos pour que son sein vienne se nicher au creux de la paume de Dane.

Tout en suivant du doigt le contour de son soutien-gorge avant de glisser son index sous la dentelle, il baissa la tête et ses lèvres qui sentaient le café et la menthe effleurèrent le coin de la bouche de Xanthe.

— Tu as toujours été une vilaine menteuse, Red.

Quand il dénuda son sein et embrassa sa peau tendre, elle sentit ses muscles crispés se détendre enfin.

Il jura tout bas avant de poser la bouche sur la sienne qui s'ouvrit d'instinct pour accueillir sa langue et entamer avec elle un délicieux ballet, exacerbant son désir.

Comment puis-je encore le désirer à ce point ?

Son esprit sombrait dans le bienheureux oubli auquel elle se refusait depuis tant d'années. *Trop d'années.* Leurs langues continuaient leur danse, apportant à Dane la réponse qu'il attendait.

Sa barbe de la journée lui râpait le menton. De ses larges mains, il lui caressa les cuisses avant de remonter sa jupe jusqu'à la taille et de la prendre solidement par les fesses pour la soulever.

— Noue les jambes autour de ma taille.

Elle obéit sans regimber à cet ordre formulé d'une voix

rauque et s'accrocha à ses puissantes épaules. Son cœur battait à se rompre et son sexe palpitait, chaud et humide, tandis que leurs langues se répondaient de plus belle.

Son dos heurta le mur et le contact du sexe dressé de Dane contre son clitoris, à travers la dentelle de son slip, l'excita encore plus.

Tout en continuant à la soutenir d'un bras, il le lui arracha. Elle gémit quand il la caressa du pouce sans cesser de l'embrasser sous cette caresse parfaite qui enflammait tout son corps.

Contre son oreille, elle perçut sa voix éraillée de désir.

— Tu mouilles toujours autant pour moi, Xanthe ?

Ses doigts experts reprirent leur mouvement, encerclant le petit bouton, le titillant, exigeant une réponse. Elle n'était plus rien que ce point brûlant, attendant l'ultime caresse qui la mènerait au comble de la volupté. Sa chair palpitait dans l'attente de la jouissance.

— Je t'en prie…, gémit-elle.

Soudain, il s'arrêta et posa la main sur sa hanche, l'abandonnant au bord de l'extase.

Haletante, elle s'arqua pour retrouver le contact auquel elle aspirait et qu'il lui refusait.

— Continue…

Il enfouit le visage au creux de son cou, le souffle court, visiblement aussi torturé qu'elle.

— Impossible

— Mais… Pourquoi ?

Sa chair palpitait, dévorée par le désir comme par une bête cruelle, tandis que son esprit s'efforçait de comprendre. Comment pouvait-il l'abandonner ainsi, en proie à une telle insatisfaction ?

— Pas question de te prendre sans préservatif.

Lorsqu'elle eut enfin repris ses esprits embrumés par le désir, l'horrible réalité s'imposa à elle et elle s'empourpra jusqu'aux cheveux.

Comment as-tu pu le supplier de te faire l'amour ? Et sans protection ?

Si seulement elle avait pu mourir de honte !

Elle rajusta à la hâte son soutien-gorge. Il fallait qu'elle parte, tout de suite, et qu'elle récupère les papiers du divorce. Elle réglerait ça plus tard. Elle devait d'abord se mettre en sécurité. C'était même plus important que de sauver Carmichael's.

6.

Enivré par le parfum sensuel que dégageait Xanthe, Dane s'agrippait à ses fesses comme à une bouée au cœur d'une tempête. Il avait l'impression de sortir d'un combat, un combat qu'il venait de perdre.

Comment avait-il pu se jeter sur elle de cette façon ? Il devait être fou. Fou de s'être mis à crier, fou de l'avoir amenée chez lui, et plus fou encore de ne pas le regretter. Fou surtout de la désirer toujours autant, en dépit de tout.

Au départ, s'il l'avait draguée, c'était une ruse pour l'intimider, pour la forcer à plier et à faire ce qu'il voulait. Mais elle avait résisté et à chacune de ses exigences elle avait opposé les siennes. Et puis, ils avaient atteint le point de non-retour, comme un couple d'adolescents éperdus de désir — comme si les dix dernières années s'effaçaient.

— Dane, repose-moi. Tu m'écrases.

Son chuchotement furieux le ramena à la réalité. Il aspira encore une dernière bouffée de son parfum floral et subtil comme le péché et leva la tête.

Sa chevelure décoiffée retombait en mèches sur ses épaules, une traînée bleuâtre de mascara lui barrait la joue, elle avait le menton et les joues écarlates…

Elle avait l'air hagard.

Bizarrement, cela lui donna envie de rire. Il s'aperçut qu'elle pouffait, elle aussi. Pourtant, elle le repoussa des deux mains et tenta de se libérer. Pour de bon.

— Arrête de me regarder comme ça. Il faut que j'y aille.

Il la lâcha et elle se dégagea de son étreinte. Mais quelque chose disait à Dane qu'elle lui était reconnaissante de ne pas être allé jusqu'au bout. Toutefois son érection lui faisait encore si mal qu'il n'était pas vraiment certain d'avoir choisi la bonne conclusion.

Quand elle rejeta sa chevelure en arrière et se baissa pour ramasser ses escarpins, il ne put s'empêcher de remarquer à quel point sa jupe moulante mettait en valeur ses fesses rebondies. Il détourna le regard.

Tu n'en as donc pas assez de te torturer de cette façon ?

D'un air égaré, elle se passa la main sur le front, tentant visiblement de se calmer et de faire le point sur ce qui venait de se passer.

— Il faut que j'y aille, dit-elle en rajustant ses vêtements d'une main incertaine avant d'essayer en vain de ramener ses cheveux derrière ses oreilles.

Il enfonça les mains dans ses poches de pantalon pour mieux résister à l'envie de l'aider.

Elle avait raison, mieux valait qu'elle parte. Avant que le désir s'empare d'eux et les pousse à aller jusqu'au bout de ce qu'ils avaient commencé.

Jamais il n'aurait dû faire mine de la draguer. D'ailleurs, qu'avait-il voulu lui prouver exactement ? Qu'elle le désirait encore ? Que c'était lui qui commandait ? Ou qu'il était le pire abruti de la planète ?

Quel que soit le point de vue adopté, cet épisode avait réveillé des souvenirs auxquels ni l'un ni l'autre n'avaient envie de se confronter.

— Tu crois ?

Après tout, il n'était pas le seul responsable. C'est elle qui avait décidé de resurgir dans sa vie et de ranimer ce qui semblait mort depuis longtemps. Et quand il avait fait ce geste stupide, au lieu de protester, elle lui avait répondu…

Elle le fixa, assurément surprise par l'aigreur de son ton.

— Tu oserais insinuer que toute cette folie est ma faute ? protesta-t-elle. Ce n'est pas moi qui ai commencé, et d'ailleurs, nous nous sommes arrêtés avant que ça dégénère vraiment. Donc, aucune importance.

Évidemment. Puisque tu le dis.

— *Nous* ne nous sommes pas arrêtés, fit-il remarquer. *Je* me suis arrêté.

Le visage de Xanthe s'empourpra et elle poussa un soupir rageur.

— Et alors ? Dans l'excitation du moment, j'ai un peu perdu les pédales. Voilà tout.

— Un peu ?

Elle serra les dents, les joues toujours aussi rouges.

— J'ai commis une erreur, je le reconnais. Le stress, la fatigue et — elle marqua une pause en détournant la tête — l'abstinence.

— L'abstinence ? Tu plaisantes ? lança-t-il en étouffant un rire.

— Durant les cinq dernières années, j'ai eu énormément de travail et visiblement, j'aurais besoin de décompresser.

Il aurait dû se sentir insulté, et effectivement, d'une certaine façon, c'est ce qu'il ressentait. Mais d'un autre côté, il aurait bien aimé savoir si cela faisait cinq ans qu'elle vivait seule, comme elle le prétendait.

— Ça fait combien de temps que tu n'as pas « décompressé » ?

— Ça ne te regarde pas.

— C'est long, non ? constata-t-il, ravi de l'étincelle de colère qu'il avait vue s'allumer dans son regard — et d'apprendre qu'il était le premier depuis longtemps.

Dans leur jeunesse, jamais il ne l'avait maltraitée : elle était trop belle, trop fragile et si délicate qu'il craignait toujours de froisser sa peau de pétale de rose avec ses grosses mains rudes de travailleur…

Cet été-là, elle lui avait d'abord semblé hors d'atteinte, mais elle lui avait donné envie de l'aider à combattre ses démons et à résister à son père, d'apposer sa marque sur elle et de réaliser un rêve improbable. Quand elle lui avait appris qu'elle était enceinte, il avait d'abord été horrifié, et puis, peu à peu, il avait conçu le désir farouche de se l'approprier. Elle, et aussi leur enfant.

Elle l'avait convaincu qu'elle voulait garder le bébé, et il avait fini par accepter cette réalité et par se persuader que cela pourrait marcher. Qu'elle avait réellement envie que ça marche. Une héritière britannique et un gamin de Roxbury. *Comme si…*

Il avait mis des années à se remettre de sa trahison, bien décidé à ce que jamais plus personne ne se moque de lui de cette façon. En définitive, elle s'était sans doute simplement servie de lui pour jouer un tour à son tyran de père.

L'idée qu'il pouvait encore la désirer à ce point le rendait fou de rage. Mais compte tenu de la façon dont il venait de se comporter, il lui était impossible de le nier.

Il lui avait arraché son slip. Depuis quand ne lui était-il pas arrivé de déchirer la lingerie d'une femme ? Sans prendre le temps de la déshabiller vraiment, de la caresser ?

Elle fit un pas en direction de l'ascenseur.

— Attends ! s'écria-t-il en se précipitant pour la prendre par le poignet.

Elle se retourna, les yeux brillants de colère et d'anxiété.

— Ne me touche pas ! Je m'en vais !

Il retira la main.

— J'ai compris. Mais il faut que je sache où tu vas pour te faire apporter les papiers demain matin.

Ou te les apporter moi-même.

— Tu vas les signer ?

Elle paraissait si surprise, si soulagée, qu'il se demanda si ces papiers n'avaient pas plus d'importance qu'elle ne le prétendait. En aucun cas il ne contesterait leur divorce, même si entre eux le désir était toujours aussi brûlant.

Concentre-toi, abruti.

Il balaya ce soupçon. Mais il fallait qu'il l'empêche de regagner Londres avant d'en avoir vraiment fini avec elle.

Ça ne pouvait pas se terminer de cette façon, sur un tel échec. Pourtant, il avait appris à ses dépens qu'il vaut mieux battre en retraite que risquer le tout pour le tout et tomber dans un guet-apens.

Le père de Xanthe et ses sbires le lui avaient démontré, la nuit où il était venu récupérer sa femme — croyant qu'il avait des droits et des obligations. C'est alors qu'il avait découvert que quand on est riche et privilégié les promesses sont sans valeur, surtout quand elles ont été faites à un pauvre type qu'on a eu la faiblesse d'épouser.

La colère le submergea de nouveau, mais à sa grande surprise il s'entendit déclarer :

— Bien sûr. Je vais les signer.

— Merci, répondit-elle d'un ton à la fois étonné et satisfait qui le blessa. Je suis ravie que cela nous donne enfin l'occasion d'en finir correctement. Je n'avais pas…

Elle s'arrêta, les joues rouges.

— Tu n'avais pas quoi ?

Qu'est-ce qu'elle avait failli dire ? Elle avait soudain l'air si inquiet…

— Rien du tout. J'espère que nous nous quitterons bons amis, poursuivit-elle en lui tendant une main tremblante.

Jamais ils ne seraient amis. Sinon, leur mariage ne se serait pas terminé de cette façon. Des amis se devaient d'être loyaux, d'inspirer confiance. Contrairement à elle.

Pourtant, il lui prit la main et la pressa doucement jusqu'à ce qu'elle la lui retire et pénètre dans l'ascenseur, les yeux toujours baissés. Mais au moment où elle se retourna pour appuyer sur le bouton, leurs regards se croisèrent.

— Au revoir, Dane.

Les portes se refermèrent. Le cœur serré, Dane tira son téléphone de sa poche pour appeler son assistante.

— Mel ? Mme Sanders, je veux dire Mme Carmichael, va passer vous voir pour récupérer son attaché-case. Je voudrais que vous lui réserviez une suite au Standard pour la nuit, à mes frais. Et que vous appeliez un taxi pour l'y emmener.

— Très bien. Autre chose ? s'enquit Mel qui semblait un peu troublée, mais, en excellente assistante, se gardait bien de faire le moindre commentaire.

— Si elle faisait des histoires…

Car la nouvelle Xanthe était capable de faire échec à tous ses projets.

— C'est une amie, poursuivit-il avec une certaine amertume. Le moins que je puisse faire est de m'assurer qu'elle sera correctement logée.

7.

Quelques heures plus tard, debout devant le miroir de la salle de bains, dans la suite d'angle que lui avait réservée son ex-mari, Xanthe s'efforçait de voir les bons côtés de ce petit retour sur le passé.

Dès le lendemain matin, les papiers concernant leur divorce seraient signés. Toute menace sur Carmichael's serait écartée et Dane et elle pourraient reprendre leurs vies, chacun de son côté, comme si Augustus Greaves et ses défaillances administratives n'avaient jamais existé.

Mission accomplie.

Le seul problème, c'était ce qui s'était passé dans le bureau de Dane, et plus tard, dans son appartement. Rien que d'y penser, elle se sentait nerveuse, tendue et même vaguement coupable, et trois heures après, elle était encore en proie à ces troublantes émotions.

Après avoir pris un long bain parfumé, elle enduisit son visage encore rouge d'une crème à l'aloé vera. Si elle avait repéré la barbe naissante de Dane, jamais elle ne se serait laissé dévorer comme il l'avait fait. Toutefois, au souvenir de la façon dont il s'était jeté sur elle, elle sentit frémir son corps épuisé. Sa façon d'écraser ses lèvres sous les siennes, sa langue qui l'avait pénétrée si profondément, anéantissant toute pensée raisonnable, ses pectoraux qui roulaient sous ses doigts, ses dents qui mordillaient sa lèvre et faisait naître entre ses cuisses un désir brûlant…

Elle s'agrippa au lavabo, les jambes chancelantes.

De nouveau.

Elle frissonna en dépit de la température idéale qui régnait dans la salle de bains. Elle avait besoin de dormir. D'oublier tout ce qui venait de se passer.

Mais le sommeil continuait de la fuir.

Après avoir été déposée par le chauffeur de Dane devant le plus luxueux hôtel de High Lane Park, à Manhattan, elle avait trouvé un dérivatif en établissant une liste exhaustive de tâches à accomplir. Tout d'abord, elle avait réservé un vol pour Londres le lendemain et s'était autorisé la première classe. Après l'épisode qu'elle venait de vivre, elle avait besoin de bien dormir.

Puis elle avait passé une demi-heure à commander en ligne un jean, un T-shirt, de la lingerie fraîche et des mocassins plats dans une boutique proche qui devait les lui livrer le lendemain matin à 10 heures. Si épuisée soit-elle, pas question de porter son ensemble tout froissé pendant le vol de retour.

Malheureusement, même après avoir passé une demi-heure dans la vaste baignoire de la suite, elle avait été incapable de faire le vide dans son esprit et de trouver le sommeil. Peut-être l'effet du décalage ? Maintenant, en Angleterre, le jour allait se lever — elle se réveillait toujours à l'aube pour avoir le temps d'ingurgiter sa dose de caféine sur le balcon de son luxueux appartement qui dominait la Tamise, en contemplant le lever du soleil sur Tower Bridge.

Son horloge interne n'était pas disposée à changer ses habitudes, quel que soit le méridien. Ou son état de fatigue.

Hélas, cette insomnie lui avait amplement permis de disséquer les événements de l'après-midi : son évanouissement, la découverte de la méprise de Dane au sujet de sa fausse couche, et surtout la façon ridicule dont elle avait réagi à ses avances.

Elle en était arrivée à une conclusion irréfutable : dès son retour à Londres, il fallait qu'elle trouve un compagnon, parce que l'excès de travail et l'abstinence forcée l'avaient transformée en bombe à retardement. Cela faisait trois ans qu'elle n'était plus sortie, quatre ans qu'elle n'avait plus eu de relation intime, quant au reste, rien depuis…

Dans le miroir, sa ride du lion était une véritable crevasse.

Depuis la dernière fois qu'elle avait fait l'amour avec Dane.

Rien d'étonnant à ce qu'elle ait perdu les pédales. Sa réaction physique n'avait rien à voir avec leur passé commun, ni avec un sentiment durable, mais tout à voir avec son incapacité à trouver un autre homme que son ex-mari capable de lui procurer un orgasme à la demande.

Inutile de s'attarder là-dessus, cela ne veut rien dire.

Dane n'était pas unique. Il ne détenait pas un sortilège qui l'aurait rendue plus sensible à son charme qu'à celui d'un autre. Le problème, c'était qu'elle n'avait pas cherché à rencontrer quelqu'un d'autre.

Jusque-là, tout s'était bien passé, mais en entrant dans son bureau, cet après-midi, elle avait fait une sorte de crise que Dane avait su parfaitement exploiter pour bien lui montrer tout ce qu'elle avait raté.

Et *évidemment,* elle avait cédé. Dane avait toujours su la toucher, la caresser et la prendre de telle façon qu'elle n'avait d'autre choix que de lui répondre. Cela n'avait pas changé, uniquement parce que durant dix ans elle s'était prise elle-même en otage et avait refusé d'explorer d'autres possibilités.

Après le traumatisme de leur mariage, elle s'était convaincue qu'une vie sexuelle épanouie et active n'était pas une obligation, mais dès son retour, elle allait y remédier. Pourquoi ne pas s'inscrire sur quelques sites de rencontres ? Mais en attendant, peut-être ferait-elle mieux de demander qu'on lui monte des somnifères. Elle avait horreur de prendre des médicaments, néanmoins après cet après-midi en compagnie de Dane, son corps déclarait forfait et il lui faudrait bien dix heures de sommeil pour récupérer. Dès demain, elle retraverserait l'Atlantique, emportant, bien rangés dans son attaché-case, les documents signés, et jamais plus elle ne le reverrait. Jamais plus il ne la caresserait de ses doigts experts, jamais plus il ne lui adresserait son fameux sourire, et c'était tant mieux. Car désormais, elle était maîtresse d'elle-même, ou plutôt elle le redeviendrait dès qu'elle ne serait plus en sa présence.

À peine avait-elle saisi le combiné qu'on frappa à la porte. Sans doute la boutique de vêtements. À New York, tout était si rapide qu'ils effectuaient la livraison plus tôt que prévu.

Elle reposa le téléphone, traversa la pièce et ouvrit la porte sans même regarder par l'œilleton.

— Dane ! Qu'est-ce que tu fais là ?

Et comment fais-tu pour être aussi séduisant ?

Vêtu d'un vieux jean, d'un T-shirt bleu et d'une chemise à carreaux, son ex se tenait sur le seuil. Son crâne rasé luisait dans la pénombre et par l'échancrure du T-shirt, on apercevait quelques poils bruns, témoins d'une virilité triomphante. Le regard bleu étincelant, sa large carrure obstruant l'issue, il dominait Xanthe, pieds nus, du haut de son mètre quatre-vingt-cinq.

— Il faut qu'on parle, dit-il en ouvrant largement la porte avant de contourner Xanthe pour entrer dans la pièce sans lui laisser le temps de protester.

— On a déjà parlé, répondit-elle d'une voix hésitante, le cœur battant, tout en resserrant à la hâte les pans de son peignoir pour tenter de cacher les marques laissées sur sa gorge par ses baisers.

Elle croisa les bras pour mieux dissimuler ses seins qu'elle sentait saillir sous le satin. Il s'approcha d'elle. *Trop près.* Elle fit un pas en arrière, sans se soucier de masquer son désarroi car elle se sentait soudain trop faible pour résister à sa propre réaction. Mais elle ne se rappelait même plus les bonnes raisons qu'elle avait de lui résister, comme si son cerveau ne répondait plus.

— Tu n'as rien à faire ici, balbutia-t-elle.

— Tu n'avais pas quoi ?

— Pardon ?

— Tout à l'heure, tu as dit « Je n'avais pas… » et tu t'es arrêtée là. Qu'est-ce que tu voulais dire ?

— Je n'en sais rien.

— Tu mens !

Dane le lisait dans ses yeux. Hélas, il pouvait également constater qu'elle était nue sous son peignoir, que son corps s'emballait déjà et qu'elle ne parvenait plus à le contrôler.

Il sentit le sang affluer à son bas-ventre, mais réussit à garder son calme. Il venait de passer trois heures à tenter de se convaincre qu'il serait fou d'essayer de la revoir. Pourquoi ne pas se contenter de signer les documents du divorce, et de les lui faire apporter le lendemain par Mel, pour mettre un terme définitif à ce fiasco ?

Mais cette phrase qu'elle n'avait pas terminée l'obsédait. « Je n'avais pas… » Il y avait encore quelque chose qu'elle voulait lui cacher. Il fallait qu'il découvre quoi.

Il la désirait toujours et ce désir le rendait fou.

Son léger parfum, sa chevelure tombant en boucles sur ses épaules, sa peau à laquelle collait le satin humide du peignoir, dissimulant les trésors qu'il imaginait…

Allons, Redmond, concentre-toi. Tu n'es pas venu là pour la séduire, mais pour lui arracher la vérité.

Il s'était convaincu qu'elle s'était débarrassée de leur enfant parce qu'elle l'avait décidé, parce que c'était le meilleur moyen d'en finir aussi avec lui, et jamais il ne s'était posé de questions à ce sujet. Mais durant les trois dernières heures, il avait commencé à remettre en cause cette évidence, sans pour autant réussir à comprendre.

Il avait toujours su que Xanthe ne l'aimait pas, puisque personne ne l'aimait. Mais pas une seule fois elle n'avait exprimé le désir de se débarrasser de l'enfant. C'est elle qui avait insisté pour le garder et quand il lui avait proposé de l'épouser, elle avait accepté tout de suite. Jamais elle n'avait cessé de parler de la petite vie qui grandissait en elle, à tel point que lui aussi, il avait fini par y croire.

Comment dans ces conditions avait-elle pu changer d'avis à cause d'une dispute idiote ?

— Je ne mens pas, répondit-elle. Et j'exige que tu partes.

La fêlure de détresse dans sa voix démentait la lueur de défi qui brillait dans ses yeux, et il perçut tout le mal qu'elle se donnait pour rester forte et inflexible. Raide comme un *I*, elle pointait le menton vers lui comme si elle s'attendait à recevoir un coup.

Envahi par un mélange de frustration et de désir, il la prit par les épaules et l'attira à lui. Il sentit ses muscles frémir sous ses paumes et le contact de sa chair palpitante sous le satin lui remit en mémoire une série d'images qu'il aurait préféré oublier.

— Dis-moi la vérité, Red, tu me la dois. Qu'est-il vraiment arrivé à notre bébé ?

Xanthe détourna le regard, mais pas assez vite pour lui cacher une lueur d'angoisse.

— Je t'en prie, n'insiste pas. Rien de tout cela n'a plus d'importance aujourd'hui.

— Pour moi, c'est important, protesta-t-il, submergé par un flot d'émotions qu'il avait jusque-là réussi à refouler.

Douleur, perte, tristesse, et par-dessus tout une rage destructrice qui n'était plus dirigée contre Xanthe mais contre lui-même. Pourquoi ne s'était-il pas davantage battu pour la voir ? Pourquoi n'avait-il pas forcé le barrage établi par son père et ses gardes du corps pour comprendre ce qui s'était vraiment passé ?

Elle gardait la tête baissée, mais il vit une larme rouler sur sa joue. Le chagrin lui serra le cœur, écho sombre de la douleur qu'il avait éprouvée quand les sbires de Carmichael l'avaient chassé de la propriété et battu jusqu'à ce qu'il soit incapable de riposter.

— Regarde-moi, Xan.

Du doigt, il essuya une larme et la força à lever la tête. Elle le fixa de ses grands yeux pleins de désespoir.

Tout à coup, il comprit. Il savait ce qui s'était réellement passé dix ans plus tôt. Cette vérité aurait dû l'aveugler, s'il avait été un homme et pas un adolescent perturbé et insatisfait.

Il jura à mi-voix avant de la serrer dans ses bras, comme pour absorber son chagrin.

— Ce n'était pas un avortement, n'est-ce pas ?

Il avait murmuré ces mots contre ses cheveux au frais parfum de verveine citronnée, submergé par un mélange de colère, de douleur et de culpabilité qui lui tordait le ventre. Comment avait-il pu se tromper à ce point ? Et maintenant, que faire de cette révélation ?

Elle se raidit entre ses bras, refusant de céder et d'accepter le réconfort qu'il lui offrait. Le réconfort dont son père les avait privés tous les deux.

Il ravala la boule qui s'était formée dans sa gorge.

— C'est moche, Red.

Elle respira profondément, puis se mit à trembler de tout son corps, telle une feuille balayée par un ouragan. Il resserra son étreinte, impuissant. Elle n'était plus la fille de jadis, douce, rieuse et éprise d'un homme qui n'avait jamais existé. Un instant plus tôt, il croyait encore en être ravi, mais en cet instant, il n'était plus sûr de rien, sauf qu'il devait oublier cette fille merveilleuse qui le jugeait bien meilleur qu'il ne se trouvait lui-même.

8.

« Désolé, madame Redmond. Le cœur ne bat plus, et pour stopper l'hémorragie, nous allons devoir vous opérer. »

Un flot d'émotion submergea Xanthe et les sanglots qu'elle refoulait depuis si longtemps remontèrent du fond de son cœur à l'évocation de la pire journée de sa vie. Allongée sur un brancard, elle fixait le médecin en blouse blanche qui la regardait avec compassion…

Dane lui caressa les cheveux. Elle sentait son cœur battre calmement à travers sa chemise et son torse solide lui offrait le refuge et la force qui lui avaient tant manqué au moment où elle en aurait eu le plus besoin. Une douleur déchirante la traversa au souvenir de la solitude, de l'impuissance et du désespoir qu'elle avait éprouvés ce jour-là. Sans parler de l'horreur qui avait suivi.

Elle avala une goulée d'air sans pouvoir maîtriser les sanglots qui la secouaient.

Sois forte. Ne pleure pas.

Il lui embrassa les cheveux en murmurant les mots d'excuse rassurants qu'elle avait tant espérés autrefois, mais dont elle ne voulait plus aujourd'hui. Elle s'appuya à lui et sentit son sexe durci contre son ventre, faisant naître en elle un désir brut et si simple, une réaction qui la submergea.

Comme elle tendait les mains pour le repousser et échapper à son étreinte, elle vit qu'il l'observait d'un air de regret, visiblement frustré. Elle revint vers lui et lui passa la main sur la tête comme elle avait eu envie de le faire dès l'instant où elle avait pénétré dans son bureau. Sous sa paume, elle sentit le contact délicieux de son crâne rasé et abaissa sa tête vers sa bouche.

— Tu arrives dix ans trop tard, Dane. Aujourd'hui, il n'y a plus qu'une chose qui m'intéresse…

Les lèvres de Dane se posèrent sur les siennes, et sa langue se glissa dans sa bouche qui s'ouvrit à lui. Oubliant ses souvenirs importuns, elle frémit d'excitation.

Les grandes mains de Dane se glissèrent sous le peignoir, des mains rudes sur sa chair tendre, des mains qui redonnaient vie à son corps. Des bras puissants l'encerclèrent et la soulevèrent. Elle le prit par le cou tandis qu'il la soulevait pour la déposer au milieu du vaste lit. De ses mains impatientes, il écarta le satin de son peignoir sans cesser de la dévorer du regard.

Elle voulut lui ôter sa ceinture pour prendre son sexe entre les doigts et le faire fondre de désir, mais il lui agrippa les poignets et lui maintint les mains sur le lit, au-dessus de la tête, la contraignant à demeurer nue et exposée alors qu'il était habillé.

— Pas encore, murmura-t-il d'une voix rauque, excitante. Je veux d'abord te caresser.

Elle cessa de lutter, plus heureuse de ce simple aveu que de mille déclarations d'amour éternel, et s'abandonna à la faim qui la dévorait, impatiente d'éprouver le flot de plaisir qui lui ferait tout oublier, sauf cette journée, cette heure, cet instant…

C'était une folie, mais une folie divine — la fin idéale d'une journée désastreuse. Car même si Dane l'avait déçue, à la fois en tant que mari et en tant qu'ami, en tant qu'amant, il avait toujours été parfait.

Sans lui lâcher les poignets, il se pencha pour l'embrasser d'une bouche ferme et exigeante, avant de déposer une traînée de baisers sur son cou et son décolleté et de lui titiller le bout du sein de la langue.

Elle laissa échapper un soupir tandis qu'il léchait son

mamelon, le transformant en un bourgeon de désir brûlant. Elle poussa un long cri rauque lorsqu'il en mordilla la chair tendre et elle sentit ce désir se propager plus bas, au creux de ses reins, aigu, puissant, irrésistible. Il s'intéressa alors à son autre sein.

Haletante, elle se tordit sous l'aiguillon de cette délicieuse torture.

— Je t'en prie…

— Je sais ce dont tu as envie, chuchota-t-il. Ouvre les yeux.

Elle obéit, et le regard bleu de Dane s'arrima au sien. Sans cesser de lui maintenir les poignets d'une main, il vérifia qu'elle était humide et prête à l'accueillir.

— Dane, murmura-t-elle. Ça suffit…

Il éclata de rire et le désir farouche qu'elle lut dans ses yeux chauffa ses sens à blanc. Puis il lui lâcha les poignets et, baissant la tête, souffla doucement sur son sexe offert.

À ce contact léger, imperceptible, le corps de Xanthe fut pris d'un long frisson. Elle le regarda, ivre de plaisir, la caresser du bout de la langue jusque dans ses plus intimes replis. Lorsqu'il introduisit en elle un doigt, puis deux, pour toucher le point particulier et voluptueux qu'il était le seul à connaître, elle laissa échapper un cri.

Elle cria plus fort tandis qu'il suçait à pleines lèvres son bouton sensible. Sombrant dans un glorieux oubli, elle se sentit glisser dans l'extase tandis que tous ses sens explosaient en un tourbillon éblouissant de lumière.

Dane se redressa, la bouche encore imprégnée du goût délicieux de Xanthe, en proie à un irrésistible désir. Elle le regardait de ses grands yeux bleu-vert, le corps rose de plaisir, le teint éclatant.

Jamais il n'avait vu une telle beauté. Elle était même plus belle que jadis. Si elle avait perdu la franchise et la foi en lui qui l'effrayaient tant et si elle gardait désormais ses secrets, son pouvoir sur lui avait gardé toute sa force.

Cette vieille plaisanterie le fit sourire, mais une sensation lancinante, au bas de son ventre, changea ce sourire en grimace. S'il ne la pénétrait pas dans les deux secondes, il risquait de se retrouver très embarrassé.

Il prit les deux préservatifs qu'il gardait dans la poche de son jean, défit sa ceinture et baissa son pantalon. Puis il ouvrit une des pochettes et mit la protection avant de saisir Xanthe par les hanches.

— Dis-moi que ça te plaît.

Dis-moi que je te plais.

Cette prière qui résonnait dans sa tête le troubla. Tout ceci n'était que de la chimie pure et simple, du sexe cru, brut, élémentaire. Peu lui importait son approbation du moment qu'il était en elle.

Il cessa de penser et la pénétra. Elle était tout à lui, comme elle l'avait toujours été…

Il se retira, s'enfonça de nouveau, heureux de sentir son contact. La chaleur dans son ventre se fit plus brûlante tandis qu'il ondulait à un rythme de plus en plus rapide, bien décidé à la guider vers un nouvel orgasme avant de s'abandonner lui-même.

Le gémissement de Xanthe se changea en un cri rauque quand elle atteignit le point de non-retour et il sentit ses muscles intimes se contracter tandis qu'il se laissait aller sur elle, en proie à un plaisir d'une intensité et d'une violence inouïes.

9.

— C'était…

Sur le lit, Xanthe peinait à reprendre son souffle tandis que s'estompait la brume qui avait envahi son esprit à la suite de ces deux orgasmes successifs.

Soudain, elle fut certaine d'avoir commis une grossière erreur.

Dane roula sur le côté avec un sourire qui lui parut à la fois arrogant et étrangement charmeur.

— C'était super, murmura-t-il.

— Et à mon avis, complètement idiot.

Il laissa échapper un petit rire et s'assit au bord du lit en lui tournant le dos pour enlever ses boots et son pantalon.

— En tout cas, c'était inévitable, répondit-il en ôtant sa chemise qu'il roula en boule avant de la lancer sur son jean. Il ôta ensuite son T-shirt. À la vue de son dos puissant, la gorge de Xanthe se serra : sur sa peau bronzée subsistait encore, même s'il s'était un peu atténué, un entrelacs de cicatrices blanches. En les voyant, elle éprouva un mélange de sympathie, de chagrin et de curiosité qu'elle se força à écarter, gênée par le tour que prenaient ses pensées.

Les secrets de Dane lui avaient toujours appartenu et ne la regardaient pas plus aujourd'hui qu'autrefois.

Il se leva et Xanthe contempla avec ravissement l'élégance de ses fesses musclées. Elle sentit son désir se rallumer, comme ces bougies perpétuelles qu'on pose sur les gâteaux d'anniversaire et dont la flamme ne s'éteint jamais, quelque effort qu'on fasse pour la souffler.

Consciente soudain de sa propre nudité, elle se glissa sous le drap.

— Qu'est-ce que tu vas faire ?

— Prendre une douche, lança-t-il par-dessus son épaule.

Elle remonta le drap jusqu'au cou pour se sentir moins vulnérable.

— Je ne me souviens pas de t'avoir proposé de rester.

— Je vais prendre une douche. Ensuite, il faut que nous parlions.

— Je ne veux pas parler. Je veux dormir.

Et tenter d'oublier que Dane restait le seul homme capable de lui procurer des orgasmes aussi puissants que des tremblements de terre.

— Seule, si possible, ajouta-t-elle pour faire bonne mesure.

— Comme tu veux, mais quand nous aurons fini de parler, ajouta-t-il avant de refermer la porte sur lui.

— Je n'ai aucune envie que tu restes ! protesta-t-elle.

En vain car le bruit de la douche retentissait déjà derrière la porte fermée.

Si elle en avait eu le courage, elle aurait pris le téléphone, appelé la sécurité de l'hôtel et demandé qu'on l'évacue. Même si emmener l'homme qui réglait la chambre risquait de poser problème…

Hélas, ce courage, elle ne l'avait pas. Elle se força à sortir du lit, prit quelques coussins sur le canapé et les glissa entre les draps au cas où il aurait l'idée de venir la rejoindre après avoir pris sa douche. Puis elle ramassa la chemise qu'il avait jetée par terre et l'enfila en guise de seconde ligne de défense. Elle lui descendait à mi-cuisses, les manches lui couvraient les doigts. Aussi sexy qu'un vieux sac à patates, elle était parfaite !

Elle regagna le lit, bien décidée à rester éveillée quelques minutes encore, le temps de lui donner ses instructions.

Le dos contre les coussins, elle contempla les lumières qui clignotaient de l'autre côté de l'Hudson et la vue magnifique que cette suite d'angle offrait sur le New Jersey.

Elle sombra dans une douce torpeur, tandis qu'elle sentait s'apaiser les battements de son cœur. Ses paupières se fermèrent et elle sombra dans un rêve aquatique où des bras musclés la serraient très fort, lui procurant une délicieuse impression de sécurité.

Pour toujours.

Vêtu de son seul caleçon, Dane terminait le burger frites qu'il avait commandé, tandis qu'un léger souffle lui parvenait du lit tout proche.

Que faisait-il encore dans cette chambre ?

Lorsqu'il était sorti de la salle de bains, Xanthe dormait profondément. Au début, il avait cru qu'elle faisait semblant pour éviter toute question sur la façon dont s'était terminée sa grossesse. Pourquoi ne lui avait-elle pas dit la vérité sur cette fausse couche au lieu d'attendre qu'il la découvre lui-même ?

Mais après avoir observé pendant dix minutes son corps mince lové sur le lit comme celui d'un enfant, il avait compris qu'elle ne feignait pas et qu'elle était partie pour dormir jusqu'au lendemain. Donc, il n'avait plus rien à faire dans cette chambre. Il n'aimait pas s'attarder auprès d'une femme avec qui il venait de faire l'amour, encore moins s'il s'agissait de son ex-épouse… Ou presque.

Il avait donc commencé à se rhabiller, mais impossible de mettre la main sur sa chemise. Au bout d'un moment, en apercevant un morceau de tissu qui dépassait de sous le drap, il avait fini par comprendre, ce qui n'avait pas manqué de faire resurgir une série de souvenirs inopportuns.

Xanthe, transie, sur le pont du petit yacht, enfilant sur son maillot mouillé un vieux sweat qu'il portait au lycée. Ou lui, l'enveloppant dans une de ses chemises de travail tandis qu'elle était prise de nausées, dans la salle de bains du motel. Des souvenirs érotiques ou douloureux, mais toujours aussi vifs.

Au fond, elle avait raison : dix ans plus tôt, c'était lui qui avait tout gâché. Il n'avait pas été là quand elle avait eu besoin de lui, et il ne pouvait plus rien y faire. Sauf s'excuser, mais elle avait refusé ses excuses.

Aujourd'hui, elle s'était servie de son désir pour échapper à ses questions et éviter la conversation. Après tout, quand ils étaient adolescents, c'était lui qui utilisait le sexe pour détourner son attention quand elle lui posait des questions gênantes sur les cicatrices qui lui marquaient le dos.

Il reposa le couvercle d'argent sur les derniers restes de nourriture et ramena dans le couloir la table roulante.

De retour dans la suite, il ressentit une sorte de malaise. Chemise ou pas, il ferait mieux de partir. Mais au moment où il finissait de s'habiller, il entendit s'élever du lit un sanglot étouffé, suivi d'un gémissement de désespoir. Écartant le drap, il contempla le visage de Xanthe, débarrassé de tout maquillage, pur et innocent comme dans son souvenir. À cet instant, elle fronça les sourcils, sa bouche se crispa et elle serra le poing sur l'oreiller, au-dessus de sa tête. Au mouvement rapide de ses yeux sous ses paupières, il comprit qu'elle faisait un cauchemar.

Dane sentit son cœur se serrer quand elle laissa échapper un autre sanglot. Il aurait dû partir, mais au lieu de se diriger vers la porte, il s'approcha du lit et posa la main sur les cheveux de Xanthe, effleurant la masse de boucles qui lui tombait sur le front.

— Red, tout va bien. Rendors-toi.

Elle écarta sa main et sa respiration s'accéléra tandis qu'elle balbutiait dans son cauchemar.

— Dane… Décroche… le téléphone… Je t'en supplie.

Ces chuchotements terrifiés le bouleversèrent, réveillant sa culpabilité. Tout à l'heure, elle s'était montrée forte et résistante, mais dans son sommeil, il en allait tout autrement.

Non, il ne pouvait pas partir. Pas encore.

Il déboutonna le premier bouton de son jean et souleva le drap. En découvrant la rangée de coussins qui occupait le milieu du lit, il ne put s'empêcher de sourire.

De quoi était censée la protéger cette fragile barrière ? De son propre désir à elle, ou du sien ? Il rassembla les coussins et les reposa sur le divan. Puis il revint s'allonger à côté d'elle, prit son corps tremblant dans ses bras et l'attira à lui jusqu'à ce qu'il sente son dos contre sa poitrine et ses fesses contre son ventre.

Ignorant la douleur causée par son sexe durci, il attendit qu'elle reprenne son souffle, submergé par un élan de tendresse au moins aussi violent que le désir qu'il ressentait.

Il la prit par le poignet en se gardant de toucher toute autre partie de son corps de peur de raviver encore son émoi. Mais à cet instant, le souvenir de leur dernière étreinte, dix ans plus tôt, lui revint en mémoire. Ce jour-là, tandis qu'il caressait son ventre déjà plus rond, il n'avait pu s'empêcher de penser avec un étonnement mêlé de terreur à ce que leur réservait l'avenir, et il réalisa tout ce qu'elle avait dû endurer en son absence…

Elle finit par se calmer et il sentit son corps se détendre contre le sien. Quand elle se réveillerait le lendemain, elle n'aurait aucune envie de le trouver là. Il allait rester encore un moment, puis il partirait et le lendemain, il demanderait à Mel de lui faire parvenir les papiers du divorce. Signés. Quant à sa fausse couche, tenait-il tellement à savoir pourquoi elle lui avait menti ?

Bercé par le bruit rassurant de la respiration de Xanthe, ému par ce corps qui se détendait entre ses bras, il sentit toutes ses bonnes résolutions s'envoler dans la nuit, de l'autre côté de l'Hudson, en direction de Martha's Vineyard, tandis qu'il sombrait dans le sommeil.

10.

Quelque chose de lourd arracha Xanthe au sommeil. Un sommeil profond et merveilleux dans lequel elle se sentait heureuse et en sécurité. Elle ouvrit les yeux et son regard rencontra une main large et bronzée au pouce orné d'un tatouage en forme d'ancre, qui tenait la sienne sur l'oreiller, tout près de son visage. Une main très masculine et très familière.

Elle cligna des yeux, puis respira à fond et sentit une odeur virile qui lui rappela le rêve agréable qu'elle avait fait juste avant son réveil. Un corps musclé enveloppait le sien et sur sa nuque elle sentait un souffle tiède.

Dane !

Des bandes de lumière filtraient à travers les volets, éclairant le luxueux mobilier de la chambre d'hôtel. Brusquement, elle se souvint de ce qui s'était passé la veille, un flot de chaleur lui envahit le ventre et elle s'abandonna à la douceur de cette tendre étreinte, la première depuis… Elle fronça les sourcils. Depuis dix ans déjà.

Durant la brève période où ils avaient été mariés, elle s'était toujours réveillée dans les bras de Dane. Mais aujourd'hui, aucune nausée ne venait troubler son plaisir.

Elle eut le vague souvenir d'un cauchemar, puis des bras et de la voix apaisante de Dane tandis qu'elle se rendormait.

En retenant son souffle, elle libéra sa main, mais un grognement de protestation la fit se figer sur place.

De longs doigts pressèrent les siens et remontèrent le long de la chemise qui était censée la protéger.

— Tu tentais de filer en douce ? s'enquit une voix rauque derrière elle.

— J'ai essayé, soupira-t-elle, à la fois déçue et excitée d'avoir été prise en flagrant délit.

Contre ses fesses, elle percevait un renflement significatif et le contact du torse de Dane faisait naître un délicieux frémissement le long de son échine.

— Mmm…, murmura-t-il dans un demi-sommeil tout en posant une main sur la cuisse de Xanthe.

Cette caresse lui donna la chair de poule, surtout quand sa main s'attarda sur sa hanche. Sentant une délicieuse moiteur sourdre entre ses cuisses, elle roula sur le dos pour tenter de l'empêcher d'aller plus loin. La main de Dane remonta jusqu'à son ventre et il se redressa sur un coude pour l'observer d'un œil où l'amusement se mêlait au désir. La respiration de Xanthe s'accéléra.

Le matin, elle l'avait toujours trouvé superbe — chiffonné, un peu bourru et très attirant. Même si, contrairement à elle, il n'était pas du matin, il ne paraissait pas du tout maussade, mais détendu et sexy.

— Je n'avais pas prévu de passer la nuit ici. Mais je suis resté et…

Sa main descendit et effleura le sexe de Xanthe dont le ventre frémit de désir.

— Ce n'est pas une bonne idée, murmura-t-elle, sachant qu'elle ferait mieux de l'écarter.

Il pressa son visage au creux de son cou.

— Non.

Un désir aigu et presque douloureux arracha Xanthe aux dernières brumes du sommeil. Doucement, il glissa les doigts au cœur de sa féminité.

En gémissant, elle roula vers lui. Il lui ôta prestement sa chemise sans cesser de lui prodiguer ses caresses magiques.

Des souvenirs de semblables réveils assaillirent Xanthe :

il avait toujours su user de ses doigts, de sa langue et de ses dents pour la faire passer directement du demi-sommeil à l'extase ! Elle posa la main sur la bosse de son pantalon.

— Tu dors en jean, maintenant ?

— Arrête de poser des questions stupides, grommela-t-il, et aide-moi à l'enlever.

Elle ne se le fit pas répéter. C'était de la folie, ils le savaient tous les deux, mais ça n'avait plus d'importance. Dans quelques heures, leur mariage serait terminé, et elle avait envie de lui, ici et maintenant, plus qu'elle n'avait jamais désiré aucun homme. Une dernière fois…

Non sans difficultés, elle défit le bouton et effleura le boxer moulant.

— Enlève ça, lui ordonna-t-elle d'une voix qui lui sembla, à sa grande satisfaction, pleine d'assurance.

C'est elle qui dirigeait la manœuvre. Pourtant, quand il s'allongea au-dessus d'elle après avoir ôté le peu de vêtements qui lui restait, elle se sentit étrangement vulnérable.

— Dis-moi exactement ce dont tu as envie, Red. Je veux te faire crier de plaisir.

Ces simples mots ajoutèrent encore à son excitation. Elle prit son sexe dans la main et le caressa, tandis que l'adrénaline se répandait dans ses veines. Il la prit par les cheveux pour attirer sa bouche contre la sienne. Sa barbe râpeuse enflammait sa peau tendre… Leurs langues entamèrent un divin ballet.

Quand il se pencha pour attraper le deuxième préservatif sur la table de nuit, elle le lui prit des mains.

— Laisse-moi faire.

— Oui, dit-il, s'abandonnant à elle avec dans les yeux une lueur qui la brûla au plus profond.

Aucun homme ne l'avait à ce point désirée.

Elle batailla contre la pochette et rougit en voyant qu'il se retenait de rire.

— Tu manques de pratique.

Elle lui enfila le préservatif, ce qu'elle n'avait encore

jamais fait — mais elle ne tenait pas à ce qu'il le sache. Au fond, il comblait un besoin qu'elle n'avait que trop longtemps négligé.

Ces pensées se dissipèrent quand il se remit à la caresser jusqu'à la frénésie. Elle sentit un long doigt s'introduire en elle et frémit. Leurs ébats de la nuit précédente avaient laissé des traces.

— Je t'ai fait mal ? demanda-t-il en la prenant par le menton pour la forcer à le fixer droit dans les yeux.

Son expression inquiète lui fit battre le cœur, ravivant en elle une myriade de souvenirs inopportuns. Sa main qui lui tenait les cheveux tandis qu'elle se penchait au-dessus des toilettes du motel. Ces matins paresseux où les nausées l'épargnaient et où il la prenait lentement, patiemment, observant ses réactions, allant au-devant de ses moindres désirs.

— Tout va bien, mentit-elle.

Je t'en prie, ne sois pas gentil. Je ne peux pas le supporter.

Il ne semblait pas très convaincu. Il roula sur le dos et la fit basculer au-dessus de lui.

— Et si c'était toi qui faisais le boulot cette fois ? demanda-t-il tout en la caressant du pouce, lui ôtant toute velléité de penser.

Elle se glissa sur son sexe dressé.

— Oui…

Il la prit par les hanches et tandis qu'elle ondulait, elle sentit monter en elle un incroyable orgasme. Le regard de Dane reprit le sien, encourageant, avant de la faire basculer d'une dernière caresse dans un plaisir indicible.

Cambrée en arrière, le corps palpitant, elle l'entendit crier et s'abandonner à son tour sans cesser de la caresser.

Elle se laissa tomber sur lui, le front contre son cou, le cœur battant, et ferma les yeux.

— Qu'en penses-tu ? Avant de conclure notre divorce… si nous nous accordions une petite lune de miel ? dit Dane en l'enlaçant.

Elle dut fournir un effort pour s'écarter de lui.

— Qu'est-ce que tu racontes ?

— Justement, je vais prendre une semaine de vacances, dit-il en lui effleurant le bras. Je devais partir cet après-midi pour les Bermudes et rallier Nassau à la voile. Je peux décaler mon voyage de deux jours.

Durant une fraction de seconde, Xanthe étudia sa proposition : partir avec lui, échapper au stress et aux responsabilités, et aussi aux regrets douloureux que le passé faisait naître en elle. Mais la réalité reprit vite le dessus.

Dane avait toujours su distinguer sexe et sentiments. Contrairement à elle. Même si elle ne le haïssait plus, il exerçait encore sur elle le même pouvoir de séduction, sans parler de sa capacité à la transformer par un simple contact, un simple regard, en un monstre de lubricité. Pas question de prendre le risque de passer une journée de plus avec lui, ni même une heure.

— Ça ne me semble pas une bonne idée.

Elle se dégagea et se pencha pour ramasser la chemise qu'il avait jetée par terre, mais il lui saisit le poignet.

— Pourquoi ? demanda-t-il, sérieux.

Il paraissait réellement contrarié par son refus.

— Parce que je dirige une entreprise. Je suis P-DG de Carmichael's et il m'est impossible de me libérer de mes obligations.

Pas question de dire la vérité, d'avouer qu'elle redoutait de se retrouver seule avec lui. Il l'aurait trouvée stupide. Et sans doute l'était-elle.

Désormais, elle était plus forte, plus raisonnable, et assez expérimentée pour ne pas retomber dans les erreurs catastrophiques de sa jeunesse. Et pourtant, si Dane ne l'avait abandonnée que parce qu'il avait cru que c'était elle qui l'avait laissé tomber… Elle sentait que ses vieux sentiments, si destructeurs, ne demandaient qu'à renaître, renforcés par l'expérience sexuelle déstabilisante qu'elle venait de vivre.

Pas question de se comporter de nouveau comme une gamine stupide. Et si quelqu'un était capable de la faire retomber dans cette ornière, c'était bien ce séducteur de Dane qui, lui, en sortirait indemne. Lui, il n'avait pas besoin de se soucier des sentiments qui risquaient de renaître, puisqu'il ne l'avait jamais aimée comme elle l'avait aimé. S'il lui avait proposé de l'épouser, c'était qu'il s'était senti coupable et responsable de sa grossesse. Quelle que soit la responsabilité de son père dans leur rupture, leur mariage était voué à l'échec.

De son côté, elle resterait toujours une romantique, une cible facile pour un homme comme Dane, totalement dépourvu d'empathie. Durant les trois mois qu'ils avaient passés au motel, jamais il n'avait baissé la garde.

Il lui lâcha le poignet et elle se réfugia au pied du lit pour récupérer son chemisier. Au souvenir de la gamine romantique qu'elle avait été, elle se sentait plus vulnérable que jamais.

— Alors, comme ça, maintenant, c'est toi qui diriges l'entreprise de papa ?

— Ce n'est plus son entreprise, répondit-elle. C'est la mienne.

Ou du moins, elle deviendrait la sienne dès que Dane aurait signé les papiers de divorce et que les six pour cent d'actions qui lui donnaient le contrôle lui appartiendraient définitivement.

— Il me détestait vraiment…

Une simple constatation, en apparence, mais à la fêlure de sa voix, elle comprit que ça ne s'arrêtait pas là.

À quelle réponse s'attendait-il donc ? Devait-elle lui dire que son père ne l'avait jamais accepté comme gendre ? Dans ce cas, comment justifier sa propre décision de reprendre les rênes de Carmichael's, après sa mort ? Pour son père, l'entreprise comptait plus que tout, elle le comprenait, car aujourd'hui, pour elle aussi, rien ne comptait davantage. Même si sa petite voix intérieure lui disait qu'on avait mieux à faire dans la vie que de diriger une entreprise, et que l'amour passait avant tout.

— Il ne te détestait pas, protesta-t-elle. Il a cru agir pour mon bien.

Avant même d'avoir fini cette phrase, elle avait déjà compris à quel point elle était creuse, mais elle se refusait à condamner son père. À sa façon, il l'avait aimée, ce qui n'avait jamais été le cas de Dane.

— T'est-il jamais venu à l'esprit que ce jour-là, si j'avais pu te voir, les choses auraient tourné différemment ? dit-il en pliant un genou, ce qui fit tomber le drap jusqu'à sa taille.

Son expression était toujours aussi impénétrable.

— Je ne vois pas pourquoi, dit-elle en se forçant à faire sortir de sa gorge les mots qui y restaient coincés. D'ailleurs, ça a très bien marché pour nous deux, et je n'ai donc aucun regret.

Elle s'éloigna du lit pour tenter d'échapper à cette discussion trop dangereuse. Elle ne voulait pas qu'il sache à quel point cela avait été difficile pour elle, à quel point elle avait souffert de le perdre lui aussi, en plus de leur bébé.

Mais il se précipita vers elle et la prit de nouveau par le poignet.

— Tu mens ! Veux-tu savoir comment je le sais ?

— Pas vraiment, répondit-elle en espérant qu'il ne percevait pas l'accélération de son pouls sous ses doigts.

— La nuit dernière, tu as fait un cauchemar dans lequel tu perdais notre bébé. C'est d'ailleurs ce qui m'a poussé à rester jusqu'à ton réveil. Si j'avais pu le faire il y a dix ans, peut-être cela aurait-il tout changé.

— Tu n'avais pas besoin de rester. Ça m'est déjà arrivé et…

En voyant son visage se durcir, elle comprit son erreur.

— Ça t'arrive souvent ?

Trop souvent.

— Non, rarement.

— Quel salaud !

Sa colère n'était pas dirigée contre elle, mais elle en percevait toute la violence.

— J'ai digéré tout ça. Ça n'a plus d'importance. Vraiment.

— Ne mens pas, Red, dit-il en faisant glisser une mèche rousse derrière son oreille avant de prendre son visage entre les mains.

Un geste plein de gentillesse et de douceur qui fit battre à se rompre le cœur de Xanthe.

— Tu peux te reposer sur moi, tu le sais ?

— Je n'en ai pas besoin, répondit-elle en dépit de la folle envie qu'elle avait de poser la tête sur son épaule pour profiter du réconfort qu'il lui offrait.

— De quoi as-tu si peur ?

Sa voix entamait des défenses qu'elle avait mis des années à construire.

— Je n'ai pas peur. Pourquoi aurais-je peur ?

Comment pouvait-il savoir, lui qui ne la connaissait pas vraiment ?

— Je ne sais pas. C'est ton comportement. Pourquoi m'as-tu laissé croire hier que tu t'étais fait avorter ?

Elle se raidit. Comment pouvait-il lire ainsi en elle ?

— À quoi bon te détromper ? Après si longtemps, cela n'a plus la moindre importance.

— Bien sûr que si ! J'ai le droit de savoir ce qui s'est vraiment passé. Surtout si tu fais encore des cauchemars…

— Pourquoi, Dane ? Pourquoi aurais-tu le droit de savoir ? Jamais tu n'as désiré cet enfant autant que moi.

Dane n'avait jamais désiré cet enfant, elle en était certaine.

— Dans ce cas, reprit-elle, tu aurais au moins exigé de me voir. Au lieu de t'imaginer que je m'étais fait avorter.

— J'ai exigé de te voir ! répondit-il en lui jetant un regard plein de colère. Mais ton père m'a fait jeter dehors par ses gardes.

— Comment ? Ils t'ont tabassé ?

Elle n'avait pas oublié ces hommes qui la terrifiaient,

même si son père lui avait expliqué qu'ils étaient là pour la protéger.

Les yeux de Dane se fermèrent à demi, une expression de fureur qu'elle reconnut aussitôt. S'il y avait une chose qu'il avait toujours refusée, c'était la pitié.

— Je m'en suis sorti.

Elle avait du mal à le croire. À dix-neuf ans, il avait beau être fort et aussi grand qu'aujourd'hui, mais peut-être un peu plus mince, un peu moins solide, ce n'était encore qu'un gamin. À quatre contre un, ils avaient dû le démolir complètement.

Elle remarqua la cicatrice qui lui barrait le sourcil gauche, une cicatrice qu'il n'avait pas autrefois, contrairement à celles qui marquaient son corps et dont il n'avait jamais rien voulu lui dire.

— C'est de là que vient cette cicatrice ? demanda-t-elle en pointant du doigt son sourcil.

Il s'écarta pour éviter tout contact. La main de Xanthe retomba.

— Je ne me rappelle pas, répondit-il d'un air indifférent.

Il se rappelait parfaitement, mais pas question d'en discuter avec elle.

Elle sentit de nouveau le chagrin la submerger. À quoi bon appuyer là où ça faisait si mal ? Peut-être parce qu'il l'avait tenue la nuit précédente, pendant son cauchemar, et cela avait suffi à la rendre plus faible et plus dépendante. Et parce qu'il lui avait fait l'amour ce matin pour obtenir d'elle la réaction qu'il désirait. Dans leur relation, il avait toujours conservé le pouvoir, et il était évident, hélas, qu'il le gardait encore.

— Mon père n'aurait jamais dû te traiter de cette façon. Si tu me dis quelles blessures il t'a infligées, notre département juridique te proposera une compensation.

Le payer était le seul moyen de se libérer définitivement de lui et des sentiments qu'il réveillait en elle. Sa seule chance de reprendre les distances qu'elle avait perdues en entrant la veille dans son bureau.

— Je ne veux pas de ton argent. Je n'en ai jamais voulu et je n'en ai pas besoin.

— C'est une simple question de compens…

— Toi, tu n'as rien fait de mal. C'était lui. Si quelqu'un me doit des excuses, c'est lui.

— Tu n'en obtiendras plus. Il est mort il y a cinq ans.

— Alors, peu importe. Ce que je veux, c'est que tu reconnaisses qu'il s'est mal comporté à notre égard. Pourquoi as-tu tant de mal à le faire ?

— Très bien, s'écria-t-elle en levant les mains. Je reconnais qu'il s'est mal comporté. Tu es satisfait ?

— Non. Je veux que tu restes avec moi.

— Mais cela n'a rien à voir…

— Il nous a forcés à rompre. Mais maintenant, nous avons de nouveau une chance de nous dire au revoir correctement.

Son regard parcourut la silhouette de Xanthe, et l'inévitable onde de désir qu'il déclencha en elle lui fit comprendre en quoi consisterait cet au revoir.

— Désormais, nous sommes adultes et nous pouvons en finir gentiment avec notre histoire. Pourquoi ne peux-tu pas le comprendre ?

Parce que j'ai peur de tenir encore beaucoup trop à toi.

— Je t'ai déjà dit que je n'avais pas le temps.

— Ne me raconte pas d'histoires. Si tu diriges cette entreprise, tu peux t'organiser comme tu veux. Mais tu ne veux pas, et j'aimerais savoir pourquoi.

— Parce que je n'ai pas envie de rester avec toi ! Si ton ego ne peut l'accepter, c'est ton problème, pas le mien. Entre nous, tout est fini. Depuis dix ans.

— Et pourtant, je peux encore te faire crier de plaisir. Et ça fait cinq ans que tu n'as couché avec personne d'autre. Cinq ans, c'est long.

Elle rougit jusqu'à la racine des cheveux. Il la fixa d'un air suspicieux.

— Comment, ça fait plus de cinq ans ?

Comment peut-il être au courant ?

— Je n'ai pas dit ça…

Elle ne pouvait pas lui mentir car il lisait en elle comme dans un livre ouvert et il aurait tôt fait de découvrir la vérité.

Dane avait toujours su se servir de son désir pour lui. Quand ils étaient mariés, jamais il ne l'avait traitée comme une épouse. Jamais il n'avait pu s'ouvrir à elle ni partager avec elle quoi que ce soit le concernant, tandis qu'elle se montrait reconnaissante de la moindre marque d'intérêt qu'il lui témoignait.

Maintenant, elle savait la vérité : sa possessivité, son désir de la protéger n'étaient pas des preuves d'amour, mais de sa volonté de marquer sa propriété. S'il découvrait qu'elle n'avait jamais plus couché avec un autre homme après lui, il retournerait cette arme contre elle.

— Tu n'as pas besoin de le dire : c'est écrit sur ton visage.

— Tais-toi !

Elle s'élança dans la salle de bains, bien décidée à s'y enfermer avant qu'il découvre l'humiliante vérité et lui fasse perdre le peu d'aplomb qui lui restait.

Son rire la suivit jusque sous la douche.

Qui aurait cru que Xanthe était si belle quand elle perdait les pédales ?

La porte de la salle de bains claqua derrière elle, mais il se força à continuer à rire en dépit de la douleur qu'il ressentait au creux de la poitrine. Comme si on lui brisait le cœur.

Il n'aurait pas dû se sentir ravi que sa femme n'ait pas couché avec d'autres hommes, mais en fait, il l'était. Même si elle refusait de passer une autre nuit à l'hôtel en sa compagnie. Il ne s'était jamais considéré comme possessif ni protecteur, sauf avec Xanthe. Parce qu'il avait été le premier, et qu'elle s'était retrouvée enceinte de lui.

Quand il l'avait surprise en plein cauchemar et qu'il avait su que ce n'était pas la première fois, il en avait été très affecté. Et il s'était senti coupable de ne pas avoir été là quand elle avait eu besoin de lui, même si ce n'était pas sa faute.

Hier, elle était arrivée à son bureau épuisée et complètement stressée, au point de s'écrouler sous ses yeux. En cet instant, elle lui avait rappelé la fille qu'elle était jadis, une fille avec qui il s'était senti des affinités parce qu'elle aussi son père l'avait démolie. Cette fille avait passé sa vie à essayer de plaire à un type qui ne serait jamais satisfait. Et maintenant, on aurait dit qu'elle recommençait.

Elle avait donc travaillé avec acharnement pour reprendre la direction d'une entreprise pour laquelle elle n'avait jamais manifesté auparavant le moindre intérêt. Il ne doutait pas de sa réussite, mais pourquoi n'avait-elle aucune vie personnelle ?

Il savait à quel point c'était facile, quand on montait une affaire, de ne plus penser à son propre bien-être. Pendant quelques années, lui aussi, il avait vécu de cette façon. En fait, depuis leur séparation, il n'avait eu que deux courtes liaisons, mais son affaire, il en rêvait depuis sa plus tendre enfance, quand il traînait dans la marina pour éviter les coups de ceinture de son père.

Mais il était plus coriace que Xanthe ne le serait jamais. À cause du milieu dans lequel il était né, il savait se protéger. Il avait toujours su. Parce que personne d'autre ne s'en chargeait. Xanthe, au contraire, s'était toujours montrée trop confiante, trop désireuse de plaire. Et ça le désespérait de penser qu'elle cherchait encore à plaire à un mort.

Il n'était pas heureux de lui voir cet air vide, hanté, derrière sa façade de femme forte. Et tant qu'il n'aurait pas signé les papiers, elle resterait *sa* femme.

Une fois rhabillé, il prit son téléphone pour appeler son

avocat. Il avait promis de signer ces papiers, mais rien ne le forçait à le faire tout de suite.

— Salut, Jack. C'est au sujet de ces papiers que je t'ai envoyés hier.

— J'y ai déjà jeté un coup d'œil, et j'étais justement sur le point de t'appeler à ce sujet.

— J'ai accepté de signer, mais…

— En tant que conseiller juridique, je dois te dissuader de le faire, le coupa Jack.

— Pourquoi ? C'est une simple formalité, non ?

— Exactement. Ça fait plus de dix ans que vous êtes séparés, alors qu'en matière de divorce, une séparation de deux à cinq ans suffit dans la plupart des juridictions.

— Alors, pourquoi ne devrais-je pas signer ces papiers ?

Jack s'éclaircit la voix avant de commencer son exposé.

— À vrai dire, pour divorcer, ta femme n'a nul besoin de ta signature. Elle aurait très bien pu remplir ces papiers à Londres dès qu'elle a eu connaissance de l'erreur d'écriture sur le document original et m'en faire avertir par son représentant légal. C'est d'ailleurs ce qui m'a poussé à creuser un peu : je me suis étonné qu'elle soit venue à Manhattan pour te les remettre en mains propres, et c'est comme ça que j'ai découvert une clause étrange…

— Quoi donc ? s'enquit Dane, interloqué.

— Un paragraphe qui stipule qu'aucun de vous deux ne peut revendiquer une propriété acquise après la signature du document original.

— Dans ce cas, je n'ai pas à m'inquiéter qu'elle exige le versement d'une pension alimentaire.

Il poussa un soupir. Xanthe refusait donc de prendre sa part de sa réussite à lui, comme elle l'aurait dû.

— C'est vrai, mais cela concerne tous les actifs, même ceux auxquels elle ne pourrait pas prétendre. Pourquoi a-t-elle éprouvé le besoin de le faire établir par écrit ? Si elle engageait un procès pour revendiquer une part de tes actifs alors que vous vous êtes séparés des années avant que tu fondes ton entreprise, elle le perdrait forcément. À partir de là, je me suis posé des questions. Et si ce n'étaient pas tes biens qu'elle cherchait à protéger, mais les siens ?

— Je ne comprends pas. Comment pourrais-je exiger une part de ses biens ?

Pensait-elle vraiment qu'il cherchait à le faire ? Son père avait une fois accusé Dane d'être un coureur de dot et d'avoir mis sa fille enceinte pour s'emparer de Carmichael's. L'avait-elle cru ? Était-ce pour cette raison qu'elle l'avait laissé croire qu'elle s'était fait avorter ? Pour le punir d'une faute qu'il n'avait pas commise ? À cette idée, il sentit son ventre se nouer de colère et d'humiliation.

— Eh bien, tu te trompes et tu aurais d'excellentes raisons de revendiquer cette entreprise. Je viens d'appeler un de mes collègues anglais qui a pu prendre connaissance des termes exacts du testament de son père, rédigé des années avant qu'elle te rencontre. Et il sait maintenant pourquoi elle est venue en personne jusqu'à Manhattan te faire signer les papiers du divorce.

En entendant Jack lui lire les dispositions du testament rédigé par Charles Carmichael, Dane sentit se ranimer sa colère. La rage qui l'avait envahi quand il avait été rossé, des années plus tôt, parce qu'il voulait voir sa femme et savoir ce qui était arrivé à leur enfant, l'envahit de nouveau. Chaque mot prononcé par Jack était un nouveau coup qu'on lui assenait sans qu'il puisse se défendre. Soudain, il se sentit aussi furieux contre Xanthe que contre son père.

Elle avait tout manigancé pour se jouer de lui. Qu'y avait-il de sincère dans tout ce qui s'était produit la veille ? Elle avait prétendu qu'elle ne voulait pas rester avec lui plus longtemps, maintenant, il comprenait pourquoi : une fois les documents signés, elle aurait la garantie qu'il ne pourrait plus prétendre à Carmichael's.

Elle lui avait menti. Pour elle, il ne méritait pas la vérité. Et elle l'avait même accusé de ne jamais s'être intéressé à leur bébé…

Il repensa à ses cris de plaisir quand elle jouissait dans ses bras. Elle ne s'était pas contentée de lui mentir, elle avait même utilisé contre lui son désir pour elle. Après quoi, elle l'avait humilié en lui proposant de le dédommager, parce qu'il avait eu l'audace de lui demander une nuit de plus.

Après avoir raccroché, il s'assit en attendant qu'elle ressorte de la salle de bains.

La bonne nouvelle, c'était que, désormais, il allait pouvoir pousser son avantage et lui montrer qu'à présent plus personne ne le maltraiterait. Jamais.

[illegible]

[illegible] de la salle commune.

L'homme [illegible]

[illegible]

11.

Xanthe mit vingt minutes à comprendre qu'elle ne pourrait pas passer le reste de sa vie dans cette salle de bains. Pourtant, en entendant frapper à la porte, elle ne put s'empêcher de sursauter.

— J'arrive dans une minute…

— On vient de te livrer un paquet.

Les vêtements. Parfait.

Elle posa la main sur la poignée.

— Tu peux le poser devant la porte ?

Le peignoir de l'hôtel et son chemisier étaient restés par terre dans la chambre, et il ne lui restait plus qu'à se draper dans une serviette si elle ne voulait pas sortir de la salle de bains toute nue.

— Et si tu commandais le petit déjeuner ? ajouta-t-elle sur un ton détaché en comprenant qu'il refusait d'obtempérer.

— Si tu veux ton paquet, il va falloir que tu viennes le chercher.

Elle s'enveloppa dans une serviette et ouvrit la porte. Mais au moment où elle atteignait enfin son paquet, il le saisit et le brandit pour l'empêcher de le prendre.

— Pas si vite.

— Rends-moi ce paquet ! exigea-t-elle de sa voix la plus tranchante, celle qui faisait merveille en réunion. Il contient des vêtements. Si tu tiens à ce qu'on discute, j'accepte, mais pas toute nue.

Surtout sachant comment ça s'était terminé la dernière fois.

— Si je te le rends, dit-il sans baisser le bras, promets-moi de ressortir rapidement de la salle de bains.

Elle fut frappée par l'amertume de sa voix et par l'air indifférent qu'il affichait. Il s'était passé quelque chose.

— Qu'est-ce qui ne va pas ?

— Rien. Sauf que ça fait une demi-heure que tu boudes.

— D'accord, dit-elle en s'emparant du paquet avant de se réfugier dans la salle de bains dont elle verrouilla la porte.

Effectivement, il avait dû se passer quelque chose, car il n'avait plus l'air de rire du tout. Elle sortit les vêtements neufs de leur paquet. Rester dans la salle de bains ne résoudrait rien. Il était temps d'affronter le problème et d'en finir une fois pour toutes.

Elle ressortit cinq minutes plus tard, après avoir enfilé de la lingerie propre, un jean et un T-shirt. Dane avait remis sa chemise, mais ses pectoraux n'en étaient pas moins impressionnants quand il se releva du canapé où il était assis.

Elle remarqua les papiers du divorce posés en face de lui sur la table basse. Sans doute un coursier venait-il de les lui apporter. À la pensée qu'il les avait probablement déjà signés, elle éprouva un soulagement certain, mais aussi une sorte de vide. Ridicule.

— Désolée de t'avoir fait attendre, déclara-t-elle d'un air guindé, alors que tout son corps était déjà en attente.

— Vraiment ?

Décidément, il avait l'air contrarié. Elle aurait dû sortir plus tôt. Sans répondre, elle traversa la pièce pour se verser une tasse de café en espérant gagner du temps car elle ne savait toujours pas quoi lui dire. Elle avala une gorgée dans un silence tendu.

— Je vois que tu aimes toujours le café corsé, dit-elle

d'une voix tremblante en se tournant vers lui. Je ne sais pas ce que tu attends de moi, Dane. Je t'ai présenté mes excuses pour ce qu'avait fait mon père et pour tout le reste. Quant à notre rupture… Je regrette la façon dont les choses se sont passées et je voudrais en finir à l'amiable. Je ne peux pas rester plus longtemps à New York.

Si tentée qu'elle soit de se faire plaisir et de laisser son corps lui dicter sa loi, jamais elle n'accepterait de redevenir esclave de sa libido.

— C'est pour cela que tu es venue ? Pour en finir à l'amiable ?

Question décisive. Au souvenir de ce qu'ils avaient partagé la veille, elle sentit son cœur bondir dans sa poitrine. S'était-elle abusée elle-même tout du long ? Même si c'était déterminant pour Carmichael's, elle aurait très bien pu régler tout cela plus simplement… et plus efficacement. Mais dès que Bill avait mentionné le nom de Dane, elle avait décidé de se rendre à New York en personne. Pour des raisons sans doute plus complexes qu'elle ne l'avait admis alors.

N'était-elle vraiment là que pour sauver Carmichael's ? Ou pour oublier définitivement la jeune femme dévastée par le chagrin qui pleurait autant la perte de Dane que celle de leur bébé ?

Elle reposa sa tasse et lui fit face.

— Pour être honnête, je crois que j'avais envie de te revoir. Et si difficile que cela se soit révélé, pour toi comme pour moi, je suis contente de l'avoir fait.

— Vraiment ?

— Oui.

Pourquoi avait-il l'air si contrarié ?

— Il ne me reste donc plus qu'à signer tout ça, dit-il en désignant les feuillets posés sur la table, et à sortir définitivement de ta vie.

— Je suppose…

Le cœur de Xanthe se mit à battre la chamade. Concernant

les papiers, curieusement, elle ne se sentait plus si sûre. Il lui semblait soudain que Dane était furieux, et il ne faisait aucun effort pour le dissimuler.

— Eh bien, cela ne se passera pas comme ça ! s'écria-t-il en déchirant en deux, puis encore en deux la liasse de documents avant de les jeter par terre.

Elle se baissa pour les ramasser.

— Pourquoi as-tu fait ça ?

Il la prit par le bras pour la forcer à se relever.

— Parce que je ne suis pas aussi bête que tu le crois. Je sais à quoi devaient te servir ces papiers. À m'empêcher de revendiquer les parts de la compagnie de ton père, les cinquante-cinq pour cent qu'il a laissés en héritage à ton mari !

— Mais…

Elle sentit ses genoux chanceler, dévastée par le regard de mépris et de dégoût qu'il lui jetait.

— Tu n'es pas venue ici pour « en finir à l'amiable », mais pour me gruger !

— C'est faux.

Mais en prononçant ces mots, elle sentit la culpabilité s'emparer d'elle. En effet, c'était exactement son intention.

— Disons que c'est vrai, mais en partie seulement. C'était vrai jusqu'à ce que je découvre…

— Tu crois que tu vas encore pouvoir longtemps me mentir et te jouer de moi pour obtenir ce que tu veux ? Comme ton père ? Eh bien, sache que je ne me laisse plus manipuler, par personne !

Elle aurait pu trouver mille choses à dire pour sa défense, mais la colère de Dane la réduisait au silence. Elle aurait voulu s'enfuir ou devenir invisible, comme quand son père la tyrannisait, l'humiliait et se moquait d'elle parce qu'elle était trop douce, trop sentimentale, trop « fille ».

— Je dois reconnaître que tu t'y entends pour séduire les hommes, dit-il en la parcourant d'un regard aussi brûlant que méprisant. Tu sais te servir de ce joli corps à ton avantage.

— Comment oses-tu ?

Elle recula d'un pas et le gifla. Sous le choc, il détourna la tête et elle sentit comme une flamme au creux de sa paume. Sa colère se calma aussitôt et la lave se transforma en cendre tandis qu'il portait la main à sa joue rougie par le coup, les yeux brillants de mépris, le corps frémissant de fureur.

— Alors, la petite princesse à son papa a enfin appris à se défendre, dit-il d'une voix où la colère était tempérée d'une touche de regret.

Xanthe aurait tout donné pour pouvoir revenir en arrière. Comment avaient-ils pu en arriver là ? Elle se sentait incapable de le haïr de nouveau. Cela faisait trop mal.

— Dane, je peux tout t'expliquer. Ce n'est pas ce que tu crois…

Elle se précipita vers lui, mais il lui échappa et se dirigea vers la porte.

— C'est exactement ce que je crois, au contraire.

Il ouvrit la porte et elle eut l'impression que son cœur se brisait. Encore une fois, comme il l'avait déjà fait, il la quittait et elle ne parvenait pas à trouver de mots pour l'arrêter. Il s'arrêta sur le seuil, ses yeux bleus étincelants de fureur.

— Jamais je n'ai cherché à prendre son argent à ton père, ni son entreprise. Et le plus drôle, c'est que maintenant je pourrais en posséder la majorité des parts, si j'en avais envie. Au fait, inutile de chercher à me contacter à l'avenir…

Il claqua la porte derrière lui et Xanthe s'écroula sur le divan, tremblant sous le choc. Elle contempla le lit défait, les papiers déchirés et la tasse encore à moitié pleine. Une blessure béante venait de se rouvrir en elle, qui la ramenait dans la chambre miteuse du motel de Boston. Perdue, seule, en proie à la terreur.

Elle s'abandonna à ses pleurs. Si Dane mettait sa menace à exécution, elle allait perdre tout ce pour quoi elle avait travaillé si dur ces dix dernières années. Même la simple menace d'un procès suffirait à détruire sa position de P-DG. Si le conseil d'administration découvrait la manière catastrophique dont elle avait géré la situation, il la priverait à coup sûr de son soutien.

Mais pire que la perspective de perdre son emploi, il y avait ce regard de mépris qu'il lui avait jeté en la traitant de « petite princesse à son papa ».

Était-ce ainsi qu'il l'avait toujours perçue ? Était-elle vraiment une enfant gâtée ? Était-ce pour cette raison qu'il n'avait jamais voulu lui confier ses secrets ? La considérait-il toujours ainsi, en dépit de sa réussite ?

Et pourquoi cela lui faisait-il aussi mal de savoir qu'il l'avait toujours tenue pour une assistée ?

Elle se leva et, d'une main tremblante, essuya les larmes qui inondaient ses joues. Pas question de se dévaloriser elle-même, une fois de plus ! Dix ans plus tôt, ils avaient perdu le contrôle de la situation. L'intervention de son père… Sa fausse couche… Mais aujourd'hui, ce passé était derrière elle et Dane Redmond n'avait plus aucune importance.

Peut-être aurait-elle dû lui dire la vérité concernant le testament dès qu'elle avait compris qu'il ne l'avait pas abandonnée. Quand il l'avait découverte, ça n'avait pas dû lui plaire. Mais c'était *lui* qui s'était imaginé cet avortement, *lui* qui n'avait jamais eu confiance en son amour et qui maintenant la menaçait de lui prendre son entreprise. Et pourquoi ? Parce qu'elle avait eu l'audace de chercher à se protéger ? Dane n'était qu'un macho arrogant et vaniteux. Dans son genre, il était aussi borné et rigide que son père.

Mais elle n'était plus la gamine timide, fragile et facile à séduire qu'elle avait été. Et elle n'allait pas se laisser démolir et priver de tout ce pour quoi elle avait travaillé si dur. Aujourd'hui, elle avait assez d'aplomb pour lui tenir tête. Et s'il croyait que la « princesse » n'était pas capable de l'obliger à signer ces fichus papiers ni de protéger son entreprise, même s'il lui fallait aller le débusquer au fin fond de Manhattan, il se trompait !

Quatre heures plus tard, après une éprouvante expédition dans les bureaux de Dane pour interroger en vain sa revêche assistante, elle découvrit que ce serait plus difficile qu'elle l'avait cru.

Assise dans le salon VIP de JFK, en partance pour St. George, aux Bermudes, elle songea, le cœur serré, qu'elle allait devoir rester forte, résolue et inflexible s'il lui fallait affronter son ex-mari, intraitable et taciturne, sur un voilier, en plein Atlantique…

12.

— Là, à l'horizon... Ce doit être lui, s'écria Xanthe en pointant du doigt un voilier.

Le pilote acquiesça d'un signe. En début d'après-midi, elle avait loué un bateau sur le port d'Ireland Island, aux Bermudes. Elle repoussa une mèche échappée de son chignon.

Depuis que Dane avait appris la vérité, la veille, à l'hôtel, elle avait l'estomac noué. Le bateau accéléra au-dessus de la mer houleuse et elle dut s'accrocher à la rambarde. L'écume éclaboussa son visage sans le rafraîchir autant qu'elle l'aurait souhaité.

La chasse insensée qu'elle avait entreprise pour rattraper Dane touchait à sa fin. Après un vol de deux heures depuis JFK, elle avait passé la nuit dans un hôtel de St. George à surfer sur Internet pour chercher dans quel port son voilier pouvait être amarré. Puis elle avait loué un bateau-taxi et voilà trois heures qu'elle était à sa recherche.

À midi, elle était arrivée au Royal Naval Dockyard, de l'autre côté de l'île, le dernier nom sur sa liste. Là, elle avait découvert que Dane venait d'en partir, et avait éprouvé un mélange de soulagement et d'anxiété à l'idée de devoir bientôt l'affronter.

En approchant de son voilier, elle crispa les doigts sur la rambarde au point que ses articulations blanchirent. À 4 heures du matin, elle avait appelé Londres et on lui avait confirmé qu'il n'avait pour l'instant engagé contre elle aucune procédure légale. Il était donc encore temps d'essayer de lui faire entendre raison.

Avec ses haubans d'acier, son pont de teck poli et sa coque de fibre de verre, le voilier de Dane avait fière allure. Le cœur de Xanthe se serra quand elle découvrit le nom peint sur le flanc.

La Sorcière des Mers.

L'écho de ce nom, comme chuchoté à son oreille, lui revint aussitôt à l'esprit.

« Tu m'as jeté un sort, Red… Vilaine petite sorcière… »

Son ventre se noua à l'évocation du doigt de Dane traçant un cercle autour de son nombril tandis qu'ils étaient allongés sur la plage de Vineyard Sound. C'était il y a si longtemps ! Il lui avait souri, lui qui souriait si peu, et avait murmuré ces mots, les plus romantiques qu'il lui ait jamais dits.

En l'apercevant à la proue du bateau, elle sentit son cœur battre plus vite. Elle l'avait rattrapé juste à temps. Au moment où le bateau-taxi touchait la coque du voilier, le capitaine poussa un cri pour annoncer leur arrivée et il tourna la tête.

Xanthe saisit son attaché-case, consciente qu'elle n'aurait que peu de temps pour le convaincre. Il lui fallait monter à bord avant qu'il puisse formuler une objection ou que le capitaine du bateau-taxi comprenne que l'histoire qu'elle lui avait racontée — invitée sur le voilier, elle était arrivée trop tard pour embarquer — était complètement fausse.

En s'accrochant au bastingage, elle se hissa sur le pont avant d'ôter son gilet de sauvetage et de le lancer dans le bateau-taxi.

— Je vais me débrouiller. Un grand merci ! cria-t-elle au pilote.

L'homme jeta un regard à Dane qui accourait.

— Vous en êtes certaine, madame ?

Absolument pas.

— Oui, oui.

En entendant la voix de Dane retentir derrière elle, elle tressaillit.

— Qu'est-ce que tu viens faire ici ?

Ignorant sa question, elle se concentra sur le pilote.

— Je vous contacterai dans une demi-heure, lui cria-t-elle. Et si vous repartez à l'instant, je double le prix de la course.

Même si Dane ne voulait pas d'elle à bord, il allait être forcé de l'écouter. Piètre consolation.

— Très bien, madame…

Le pilote du bateau-taxi toucha du doigt sa casquette tout en jetant à Dane un regard inquiet avant de redémarrer et de s'éloigner du voilier en direction de la marina, soulagé d'échapper à une confrontation.

— Où va-t-il ? s'enquit Dane.

— Il rentre au port et viendra me chercher quand je lui aurai fait signe, répondit Xanthe en se tournant vers lui.

Il lui jeta un regard furieux.

— C'est une plaisanterie ? Tu vas quitter ce bateau tout de suite !

— Non, répondit-elle en levant le menton avant de déposer l'attaché-case à ses pieds. Pas avant que tu aies signé les papiers du divorce. J'en ai imprimé une liasse pour remplacer ceux que tu as déchirés à l'hôtel.

On n'entendait plus que le claquement de l'eau contre la coque et le cri d'une mouette toute proche. Dressé au-dessus de Xanthe, avec son visage mal rasé et ses yeux étincelants de fureur, Dane avait l'air plus dangereux et incontrôlable que jamais.

Elle se força à soutenir son regard méprisant. Peut-être avait-elle sous-estimé la force de sa colère, mais si elle laissait entrevoir la moindre faiblesse, il saurait la retourner contre elle, comme il l'avait déjà fait. Quand elle était jeune, naïve et complètement folle de lui.

La brise collait son T-shirt à ses muscles et les manches relevées découvrirent un tatouage qui saillit quand il croisa les bras pour mieux la toiser. Xanthe sentit une tiède humidité sourdre entre ses cuisses, signe d'un désir grandissant dont elle se serait volontiers passée.

— Qu'est-ce qui te prouve que je ne vais pas te jeter par-dessus bord ?

À son regard d'un bleu glacial, elle comprit que sa menace n'était pas vaine.

— Vas-y, essaie ! rétorqua-t-elle, les poings serrés.

Après avoir passé des heures à le pourchasser à travers l'Atlantique, elle ne se rendrait pas sans combattre, et de toute façon, elle se sentait capable de nager trois kilomètres jusqu'à la marina…

S'il le fallait absolument.

Dane chassa le juron qui lui venait en tête car le désir l'enflammait déjà. L'arrivée de Xanthe l'avait stupéfié. Moins sans doute que quand elle avait débarqué dans son bureau à Manhattan pour l'informer qu'ils étaient toujours mariés. Mais tout de même…

Elle était la seule femme, à part sa mère, qui l'ait jamais fait souffrir. Et même s'il se sentait hors d'atteinte, c'était une expérience qu'il n'avait pas prévue. Surtout pas pendant des vacances qu'il attendait depuis des mois. Ou plutôt des années.

Enfin une chance de se reposer et de se détendre, de naviguer en toute tranquillité sans autre souci que de maîtriser sa course et de garder les voiles au vent !

Mais rien que de la voir avec sa superbe chevelure qui se soulevait telle une boule de feu et ses yeux éclairés d'une lueur de défi toute féline, il ne pouvait nier la montée d'adrénaline qui faisait bouillir son sang.

Depuis combien de temps une femme ne l'avait-elle pas défié ni excité à ce point ? Même la fille qu'il avait épousée n'était que l'ombre de celle qui l'affrontait en cet instant.

Sur le plan sexuel, entre eux, l'accord avait toujours été

parfait, mais dix ans plus tôt, il n'avait entrevu que des éclats de ce tempérament de feu, dans les rares occasions où elle lui avait tenu tête.

Il haussa les épaules et revint vers la proue du navire. Quelle histoire ! Elle avait plus de cran qu'il ne l'aurait cru.

Il passa sous la grand-voile pour défaire la ligne qu'il avait accrochée à la chaîne d'ancre avant d'appuyer sur le bouton qui activait le guindeau.

— Qu'est-ce que tu fais ? s'écria-t-elle d'une voix aiguë qui trahissait sa détresse.

— Je lève l'ancre. Il te reste deux minutes pour appeler ton bateau-taxi avant que je fonce vers la pleine mer.

Elle secoua la tête et s'assit sur un banc, les joues rouges de confusion et de désir mêlés.

— Jamais je ne signerai ces fichus papiers ! grommela-t-il, en proie à un désir irrésistible.

Il prit la barre et ajusta la position jusqu'à ce que la grand-voile prenne le vent.

— J'ai prévu d'aller aux Bahamas. Quatre jours de navigation sans escale. Si tu tiens à me tenir compagnie pendant tout ce temps, libre à toi. Sinon, tu peux toujours revenir à la marina à la nage.

Il jeta un coup d'œil par-dessus son épaule comme pour évaluer la distance.

— Tu es une bonne nageuse. Tu devrais pouvoir l'atteindre avant la nuit.

Elle lui jeta un regard têtu qui le fit presque sourire — jusqu'à ce qu'il se rappelle pour quelle raison elle était là. Pour protéger l'entreprise héritée d'un homme qui l'avait traité comme un moins-que-rien.

— Je ne bougerai pas avant que tu aies signé ces papiers. Si tu crois que ça m'effraie de passer quatre jours avec toi sur ce bateau, tu te trompes lourdement !

Soudain, la grand-voile se gonfla et le bateau bondit en avant. Paniquée, elle s'agrippa au bastingage tandis que le voilier prenait de la vitesse.

— Tu risques pourtant de le regretter, répliqua-t-il.

Elle avait choisi de lui gâcher ses vacances, mais au fond, cela lui était bien égal.

Il ne signerait pas ces fichus papiers parce que ce serait reconnaître qu'elle avait eu raison de ne pas lui dire la vérité. Et que son père avait eu raison de ne pas lui faire confiance, lui non plus, dix ans plus tôt.

Charles Carmichael l'avait accusé d'en vouloir à l'argent des Carmichael, et sa fille devait avoir la même opinion, sinon, elle n'aurait pas tenté de le manipuler pour qu'il signe.

Maintenant, il était devenu riche — il aurait sans doute pu racheter sa précieuse compagnie, mais quand il n'était qu'un gamin terrifié qui manquait de tout, jamais il n'avait quémandé le moindre sou, ni à son père, ni à elle.

Xanthe avait été sa femme, mais une part d'elle-même restait quand même dévouée à son père. Sinon, quand celui-ci lui avait menti à son sujet, elle aurait au moins cherché à le contacter pour lui poser des questions. Elle ne lui aurait pas laissé croire qu'elle avait avorté et elle aurait été convaincue qu'il ne chercherait pas à lui arracher cinquante-cinq pour cent d'une entreprise dont il n'avait jamais voulu la moindre miette.

Si elle tenait à passer les quatre jours suivants à lutter contre l'attirance qu'ils éprouvaient l'un pour l'autre, libre à elle !

On verrait qui céderait le premier. Ce ne serait sûrement pas lui.

Tandis que le voilier continuait sa course vers le large, Xanthe sentait sa gorge se serrer de plus en plus sous l'effet de l'irritation et de la fatigue. Mais elle avait parcouru tous ces kilomètres pour faire entendre raison à Dane, et elle réussirait. Même si elle devait le lui enfoncer dans le crâne à coups de bâton.

— Excuse-moi de ne t'avoir rien dit du testament de

mon père, lança-t-elle d'un ton plein d'amertume. J'aurais dû être plus franche avec toi quand j'ai su que tu ne m'avais pas abandonnée, il y a dix ans, comme mon père me l'avait fait croire.

Il avait mis ses lunettes de soleil, et, le visage plus inexpressif que jamais, semblait entièrement concentré sur la barre. Impossible de savoir si ses paroles avaient produit sur lui le moindre effet. Ce silence de plomb qu'il lui avait déjà souvent infligé par le passé exaspéra Xanthe et la fit davantage douter d'elle-même.

Elle se mordit violemment la lèvre.

Plus jamais ça.

Elle n'était plus une gamine étourdie en quête d'affection, et elle ne quitterait pas son voilier avant d'avoir obtenu ce qu'elle était venue chercher : sa signature sur les documents qui mettraient fin à leur mariage. Le bateau-taxi avait disparu, maintenant, et on distinguait à peine la forme d'Ireland Island à l'horizon.

Elle prit une profonde inspiration. Au départ, elle pensait obtenir la signature de Dane et non pas se retrouver prisonnière pour quatre jours sur son voilier. Elle s'attendait à ce qu'il se montre réticent, mais pas à ce qu'il la mette au pied du mur. Elle avait même réussi à se convaincre qu'il serait ravi d'en finir avec cette comédie. Mais elle était trop consciente de l'attirance qu'elle éprouvait pour lui pour ne pas se rendre compte qu'elle avait sous-estimé son insupportable arrogance. Et il lui fallait à tout prix éviter de lui laisser entrevoir l'immense pouvoir qu'il gardait encore sur elle.

— Tu n'as aucune envie que je reste ici, et moi non plus. Alors, pourquoi ne pas mettre fin à cette farce et nous dire adieu, définitivement ?

Il finit par ôter ses lunettes et baisser les yeux sur elle, mais son regard ne trahissait rien. Au moins lui témoignait-il un peu d'attention. Un progrès ? À peine eut-il ouvert la bouche qu'elle comprit son erreur.

— Je ne suis pas à vos ordres, princesse, dit-il en la toisant d'un regard méprisant.

Ce surnom cruel ajouta encore à la détresse de Xanthe et à son anxiété.

— Très bien. Puisque tu refuses tout compromis…, dit-elle en saisissant son attaché-case.

Elle descendit dans la cabine en se persuadant que ce n'était pas une retraite, mais une opportunité de recouvrer ses esprits. L'air frais qui régnait à l'intérieur fit le plus grand bien à sa peau brûlée par le soleil. En respirant lentement, elle tenta de calmer les battements désordonnés de son cœur. Mais lorsque ses yeux se furent habitués à la pénombre, elle frémit en constatant l'exiguïté de l'espace qu'ils allaient partager quatre jours durant.

De l'extérieur, le voilier lui avait paru très grand, mais visiblement, quand Dane l'avait dessiné, il n'avait songé qu'à sa vitesse. Le salon avait beau être luxueusement meublé d'une table, d'un canapé, d'étagères couvertes de livres et de cartes, avec une cambuse bien équipée, il était beaucoup plus petit qu'elle ne l'aurait cru.

Dane mesurait un bon mètre quatre-vingt-cinq. Comment allait-elle pouvoir cohabiter avec lui dans un espace aussi réduit sans se heurter à son corps massif à chaque remous ?

Ayant repéré une porte, elle l'ouvrit et découvrit la cabine du propriétaire dont presque tout l'espace était occupé par un vaste lit d'acajou recouvert d'une couverture bleue impeccablement tirée. Elle tenta de se raisonner : aucun navigateur solitaire ne passait jamais plus de vingt minutes loin de la barre, car il lui fallait veiller aux bateaux à l'approche et aux autres dangers possibles. Et pas question de proposer de partager cette tâche avec lui puisqu'elle était là contre son gré et contre toute raison.

Posant son attaché-case, elle se dirigea vers la cambuse et ouvrit le frigo bien rempli. Puisqu'il l'avait traitée de princesse, autant jouer son rôle à fond. Peu lui importait l'exiguïté du salon s'il possédait tout le confort nécessaire pour s'occuper à bord jusqu'à ce que Dane entende enfin raison. Tant qu'il serait occupé sur le pont, cette cabine serait son refuge.

Tout en tenant la barre, Dane observait la mer : plus aucun bateau depuis qu'ils avaient quitté Ireland Island. Quand il vira à tribord, la voile reprit le vent de plein fouet. En sentant *La Sorcière des Mers* gagner en vitesse, il fut pris d'une merveilleuse allégresse. Le soleil couchant lui caressait le visage et le sel lui tiraillait la peau.

Prochain arrêt : les Bahamas.

Pourquoi était-il resté si longtemps loin de l'eau ?

Son regard se posa sur la porte de la cabine qui était restée fermée depuis que Xanthe l'avait claquée, deux heures plus tôt. Il se dit qu'elle devait bouder en bas et se demanda si elle avait l'intention d'y rester jusqu'à la fin du voyage.

Le bateau fit alors une embardée et il sentit les battements de son cœur s'accélérer. La disparition de Xanthe confirmait ce qu'il savait déjà : il n'était pas le seul à éprouver cette folle attirance qui les poussait l'un vers l'autre depuis son arrivée, mais le fait d'être le seul à le reconnaître lui donnait un avantage certain.

Si Xanthe s'imaginait qu'elle allait pouvoir l'éviter sur un dix-huit mètres, même en se cachant durant tout le voyage, elle se trompait lourdement.

Au moment où le soleil disparaissait à l'horizon, il enclencha le pilote automatique et descendit. La porte de la cabine d'invité était fermée, mais il reconnut le léger parfum floral dont il s'était imprégné deux nuits plus tôt, quand il avait tenu Xanthe dans ses bras pendant son sommeil.

Il frotta son menton ombré d'une barbe de deux jours en imaginant qu'elle lui caressait la mâchoire. Les contraires s'attiraient, à ce qu'on disait, et c'était bien leur cas. Qu'elle continue à jouer les princesses, il n'aurait même pas besoin d'aller la chercher : elle viendrait d'elle-même, comme autrefois...

Il prit une bière dans le frigo, une couverture dans sa cabine et un réveil qu'il garderait à portée de main pendant la nuit. Mais au moment où il remontait sur le pont pour dormir dans le cockpit, il remarqua sur le comptoir du salon une assiette joliment présentée, et à côté une bouteille de champagne à laquelle était fixé un billet.

Pour Dane, de la part de son EX-épouse
Ne t'en fais pas, la princesse ne l'a pas empoisonné.

Il ne put s'empêcher de rire : *La vilaine petite sorcière !*

Le souvenir lui revint des repas qui l'attendaient chaque soir, dans la chambre du motel, quand il revenait de chercher du travail, et son sourire s'évanouit sur ses lèvres au souvenir des yeux bleu-vert de Xanthe brillant d'excitation, de sa voix et de ses mains qui caressaient doucement son ventre...

Une bouffée de désir l'envahit, mêlée d'un sentiment de culpabilité et d'impuissance. De nouveau, il éprouvait cette peur, la peur de ne pas trouver de travail, de ne pas pouvoir payer la note du motel ni les frais d'accouchement de Xanthe.

Il remit la bière dans le frigo et avala une gorgée du coûteux champagne, en espérant que les bulles dissoudraient la boule d'angoisse qu'il avait au fond de la gorge.

Reprends-toi, Redmond !

Le gamin qu'il avait jadis été n'existait plus et il n'avait plus rien à prouver. Ni à Xanthe, ni à lui-même, ni à personne. Il avait merveilleusement réussi, travaillé comme un fou pour obtenir son diplôme d'architecte naval. Puis il avait déposé un brevet qui avait été primé, et grâce à d'habiles investissements, il avait transformé sa petite affaire en un empire maritime estimé à des millions de dollars. Ses créations avaient même remporté par deux fois l'America's Cup.

Désormais, il avait assez d'argent pour s'offrir le champagne le plus cher, mais il en buvait rarement. Il s'assit sur le pont et dévora l'assiette qu'elle lui avait préparée en contemplant la lueur des algues phosphorescentes dans le sillage du bateau, tandis que renaissait en lui une faim d'un tout autre genre.

Il n'avait plus besoin de l'amour de Xanthe, mais qu'elle le veuille ou non, ils savaient tous les deux que son corps était à lui, depuis toujours et à jamais.

13.

En se levant, le lendemain matin, Xanthe dut s'accrocher à la table pour rester debout, tellement le voilier gîtait. Comment Dane réussissait-il à aller aussi vite ? On aurait dit qu'ils volaient.

Heureusement, alors qu'elle n'était plus montée sur un bateau depuis dix ans, elle avait rapidement récupéré le pied marin. La veille, elle avait commis une erreur, mais mieux valait réserver ses forces pour le grand combat : réussir à lui faire signer ces maudits papiers. Le provoquer était inutile.

Elle se versa une grande tasse de café fort qu'il avait laissé au chaud et y ajouta de la crème et du sucre, pas gênée le moins du monde par le tangage.

Même si elle n'avait guère envie de voir Dane, elle n'allait pas rester indéfiniment dans la cabine. La lumière du matin filtrait à travers les hublots et chaque fois que la coque se soulevait, elle pouvait apercevoir l'horizon.

Son cœur se mit à battre plus vite au souvenir des moments de liberté et d'euphorie qu'ils avaient partagés en mer, dix ans plus tôt. De retour sur la terre ferme, elle s'était imaginé que Dane saurait prendre soin d'elle, même s'il ne lui avait rien promis. Aujourd'hui, elle était moins naïve et cela faisait longtemps qu'elle ne comptait plus sur personne.

Elle versa le reste de son café dans l'évier et s'attacha les cheveux. Puisqu'elle n'avait plus peur de Dane, ni de ses propres réactions, il était temps qu'elle cesse de se cacher. Elle sortit de la cabine, le cœur battant, et l'aperçut qui tenait la barre. Sur l'eau, avec ses longues jambes raidies contre le tangage et ses grandes mains qui guidaient le bateau avec assurance et décontraction, les yeux fixés sur l'horizon, il avait l'air plus dominateur que jamais, et terriblement sexy. Le cœur de Xanthe bondit quand son regard se posa sur elle et elle se sentit rougir.

— Alors, princesse, on a fini de bouder ? s'enquit-il d'une voix grave que couvrait à demi le bruit du vent contre la voile.

Piquée par son ironie, Xanthe sentit sa colère se réveiller.

— Je ne boudais pas, je buvais mon café, et maintenant, j'ai l'intention de prendre un petit bain de soleil.

Elle offrit son visage au vent qui dénouait ses cheveux et lui frappait les joues. La mer était absolument déserte et le ciel sans nuages. Elle humecta ses lèvres qui avaient goût de sel et de soleil.

Comme tout cela lui avait manqué ! Malgré le caractère de son compagnon, peut-être ce voyage ne se révélerait-il pas aussi cauchemardesque qu'elle l'avait cru. Soudain, un harnais de sécurité tomba à ses pieds.

— Pas de bain de soleil tant que tu n'auras pas passé ce harnais et que tu ne te seras pas accrochée à la ligne de vie.

— Mais je ne vais pas tomber. J'ai l'habitude.

— Depuis combien de temps n'es-tu pas montée sur un bateau ?

— Pas si longtemps que ça.

Un gros mensonge, mais elle n'avait pas envie qu'il sache qu'après leur séparation elle n'en avait plus eu l'occasion.

— Mais plus précisément ?

Elle le fusilla du regard, mais la rougeur de ses joues la trahit.

— C'est bien ce que je pensais, reprit-il, comme s'il lisait en elle à livre ouvert. Et maintenant, ou tu mets ce harnais, ou tu redescends.

— Pas question. La mer est calme et je n'en ai pas besoin, répliqua-t-elle, convaincue qu'il ne cherchait qu'à prouver son autorité. Si ça se met à bouger, je l'enfile tout de suite. Je ne suis pas idiote et je n'ai aucune envie de passer par-dessus bord en plein Atlantique !

Au lieu de répondre, il enclencha le pilote automatique et se dirigea vers elle. Elle s'appuya à la paroi du cockpit pour éviter tout contact avec son torse tandis qu'il se baissait pour récupérer le harnais, mais elle ne put éviter de sentir son odeur fraîche où se mêlaient quelques notes d'air marin.

— Enfile-le. Tout de suite, dit-il en brandissant le harnais sous le nez de Xanthe.

— Pas question. D'ailleurs, toi, tu n'en portes pas.

— Fais ce que je t'ai dit. Ce n'est pas négociable, insista-t-il sur un ton impérieux qui raviva la colère de la jeune femme.

— Inutile de jouer l'homme des cavernes !

Autrefois, elle aurait été trop contente de lui obéir, parce qu'elle appréciait son côté autoritaire et plein d'assurance. Mais plus aujourd'hui. Comme il continuait à avancer vers elle, elle recula, jusqu'à sentir la porte du cockpit contre ses mollets. Une insidieuse chaleur surgit entre ses jambes lorsqu'elle respira de nouveau son odeur exquise. Fraîche, salée et terriblement excitante.

— Tu l'auras voulu, dit-il en laissant tomber le harnais.

Comprenant ce qu'il allait faire, elle essaya de l'éviter, mais il se baissa, la souleva et la jeta sur son épaule. Elle se mit à crier et à lui marteler le dos des poings tandis qu'il la faisait passer sous la bôme pour la ramener vers l'écoutille.

— Repose-moi tout de suite !

— Continue comme ça, princesse, et je te jette par-dessus bord !

Elle préféra se calmer, sans vraiment craindre qu'il mette sa menace à exécution, mais troublée par sa propre réaction à sa force surprenante et à sa délicieuse odeur, à la fois fraîche, marine, et si virile…

Encore un coup de ses puissantes phéromones !

— Attention à ta tête, dit-il en s'engageant dans l'escalier.

Quand il finit par la déposer dans le salon, elle constata que malgré le sourire qu'il affichait un muscle de sa mâchoire tressautait irrégulièrement. Elle n'était donc pas la seule à être troublée.

— Quand te décideras-tu à ne plus me traiter comme une gamine de deux ans ?

— Quand tu te comporteras enfin comme une adulte. Si tu veux monter sur le pont, mets un harnais.

— Ce n'est pas parce que tu es plus grand et plus fort que moi que tu as forcément raison, répliqua-t-elle d'un ton ferme, en dépit des sensations qui la perturbaient. Tant que tu ne m'auras pas donné une bonne raison de le faire, je ne le porterai pas et il te faudra me ramener de nouveau ici. On verra combien de temps ça me prendra de devenir vraiment adulte…

Elle le défiait du regard, refusant de se laisser impressionner. Cette confrontation était la conséquence des problèmes qu'avait générés leur relation, dès le début. Elle avait toujours cédé trop facilement à ses exigences, sans jamais chercher à se défendre. Jamais elle ne lui avait demandé d'explication, et c'était ce qui avait permis à son père de les séparer si facilement.

Dane avait menacé son entreprise et refusait d'entendre raison, et en plus, il se permettait de lui donner des leçons d'honnêteté. Eh bien, à son tour, elle allait lui donner une leçon de respect et de communication.

— Si tu veux que je mette ce harnais, explique-moi pourquoi je dois en porter un, et pas toi. Ensuite, *je* déciderai de ce que j'ai à faire.

Il jura à mi-voix et se passa la main sur le crâne avant de répondre.

— Nous naviguons contre les vents dominants, ce qui

ne permet pas d'anticiper les remous. Moi, je peux les voir venir, mais toi, sans harnais, tu risques de te retrouver à la mer avant que je puisse te rattraper.

— Enfin… Pourquoi ne me l'as-tu pas dit tout de suite ?

Il détourna la tête et elle éprouva soudain un grand désarroi mêlé de colère. Pourquoi ne lui avait-il jamais accordé le moindre témoignage d'affection ? Cette question l'avait hantée durant toute leur relation et la perturbait encore.

— Tu le sais très bien.

Leurs regards se croisèrent, puis celui de Dane descendit sur son décolleté. Une onde brûlante parcourut le corps de Xanthe. Il lui caressa la joue et son pouce s'attarda sur sa lèvre inférieure.

— Parce que, dès que je suis avec toi, j'arrête de penser, ou presque…

Elle s'écarta de lui pour tenter d'échapper à ce contact. Trop tard. Déjà son odeur la pénétrait, saturant ses sens et lui coupant le souffle.

— Arrête de faire comme si tu n'en avais pas envie, toi aussi.

Sous l'effet du désir, ses prunelles d'un bleu intense étaient devenues presque noires.

— Pas… Pas du tout, balbutia-t-elle avant de s'éclaircir la gorge, ce n'est pas pour ça que je suis venue.

S'ils faisaient l'amour, cela risquait d'avoir des conséquences désastreuses. Pour elle, du moins.

— Dans ce cas, évite de te trouver sur mon chemin, sinon, je risque de tenter l'expérience.

Il s'éloigna pour remonter sur le pont.

— Je refuse de passer trois jours enfermée ici ! Je suis venue sauver mon entreprise, s'écria-t-elle tandis qu'il atteignait l'escalier. Si tu t'imagines que je te laisserai m'en voler la moitié, tu te trompes !

Il se tourna vers elle, le visage ravagé par la colère, et à son regard, elle vit qu'elle l'avait blessé.

— Je n'ai pas cherché à obtenir un sou de ton père quand

il m'a fait tabasser. Pourquoi chercherais-je aujourd'hui à te voler ton entreprise ?

Elle comprit qu'elle avait touché un point sensible, toujours à vif.

— Dans ce cas, pourquoi m'as-tu menacée de me traîner en justice pour en exiger une partie ?

— Jamais je n'ai dit que j'allais te poursuivre en justice. C'est toi qui te l'es imaginé.

Elle resta bouche bée. Elle n'avait donc aucune raison de se lancer à sa poursuite ?

— Tu veux dire… Tu n'as pas l'intention d'intenter une action en justice ?

— À ton avis ?

Elle aurait dû se sentir soulagée, mais ce qu'elle ressentait, c'était une terrible honte.

— Dans ce cas, pourquoi ne pas signer ces papiers de divorce ?

S'il avait simplement signé les papiers à Manhattan, jamais elle ne se serait imaginé qu'il allait lui faire un procès pour obtenir sa part de Carmichael's.

— Ces fichus papiers de divorce ? Pas question.

Sur ses traits, la colère avait fait place à un autre sentiment qu'elle n'arrivait pas à définir. S'il ne s'intéressait pas vraiment à elle, si elle n'avait jamais compté pour lui, pourquoi aurait-il éprouvé du regret ?

— Je ne signerai jamais aucun papier qui m'empêche de réclamer ma part si j'en ai envie.

— Mais puisque tu n'en veux pas, pourquoi ne pas les signer ?

— Je n'en sais rien, répondit-il sur un ton à la fois moqueur et plein de rancœur. Tu n'as qu'à chercher à comprendre.

Soudain, tout devint clair pour Xanthe. Douloureusement clair : il aurait voulu qu'elle lui fasse confiance. Alors que lui ne lui avait jamais fait confiance, à elle.

Devant cette évidence, elle faillit crier sa frustration,

mais elle se pinça les lèvres pour ne pas formuler l'accusation brutale qu'elle s'apprêtait à proférer.

Si elle l'avait fait, elle aurait été trop pitoyable. Et cela l'aurait forcément amenée à se poser la question déchirante qui l'avait presque détruite jadis : pourquoi n'avait-il jamais pu la croire quand elle lui disait qu'elle l'aimait ?

Soudain, Dane tendit la main et enroula une boucle de ses cheveux autour de son doigt. La tendresse de ce geste serra le cœur de Xanthe et l'emplit d'un mélange de chagrin et de désir qui l'horrifia. Quand il la prit dans ses bras, l'envie de sentir ses lèvres presser les siennes devint insupportable.

— Dane, arrête ! balbutia-t-elle sans la moindre conviction.

Elle posa les mains sur sa taille pour l'écarter d'elle, mais le contact de ses abdominaux tendus sous ses paumes la bouleversa.

— Ne me repousse pas, Red, murmura-t-il, les lèvres si près des siennes qu'elle pouvait presque en sentir le goût. Sinon, je te forcerai à me prouver à quel point tu n'as pas envie de moi.

Durant quelques secondes, elle résista au désir qui la submergeait. Elle aurait dû s'écarter de lui, mais pourquoi était-ce impossible ? Il ne lui donna pas le choix et la lâcha en jurant à voix basse.

Elle le regarda s'éloigner, abasourdie et tremblante. Une fois déjà, elle avait succombé au charme sensuel de Dane et cela avait bien failli la détruire… parce qu'il avait toujours refusé de se laisser approcher.

Mais jusqu'à cet instant, jamais elle n'avait vraiment réalisé qu'elle risquait de succomber de nouveau. Ni qu'elle avait encore tant besoin de le comprendre et de découvrir ce qui l'empêchait de l'aimer.

Dane borda la voile plus fort qu'il ne l'aurait dû et reprogramma le pilote automatique. Son cœur battait à se rompre. La météo marine annonçait un temps calme.

Temps calme, mon œil !

Pas avec Xanthe à bord.

Quand la princesse était remontée sur le pont, il avait préféré la remettre à sa place : il n'avait aucune envie de tenir la barre pendant qu'elle prendrait son bain de soleil sous son nez. Et il avait insisté pour qu'elle enfile le harnais parce qu'il voulait assurer sa sécurité.

Mais dès qu'il l'avait soulevée pour la ramener en bas, tandis qu'elle criait et le bourrait de coups de poing, le désir de la posséder l'avait de nouveau submergé… Heureusement, il l'avait quitté dès qu'elle l'avait accusé de vouloir s'emparer de la part majoritaire de sa précieuse entreprise.

Il détestait ce sentiment, cette impression qu'elle pouvait encore l'atteindre. Il y avait chez Xanthe quelque chose qui lui faisait baisser la garde et se préoccuper de l'opinion qu'elle avait de lui, alors qu'il aurait dû s'en moquer.

Cette rancœur le plombait.

Donc, plus question de discuter ni de parler du passé. Peu lui importait pourquoi elle n'avait plus navigué depuis dix ans, alors qu'elle adorait ça autrefois. Ou pourquoi ça le rendait fou qu'elle n'ait pas confiance en lui.

Leur mariage était terminé, depuis longtemps, et il n'avait aucune envie de le ressusciter. Sans parler de ce désir qui le taraudait.

D'habitude, quand il naviguait seul, il dormait cinq heures en se réveillant toutes les vingt minutes, mais la nuit précédente, il n'avait eu que deux heures de sommeil car il avait passé la plupart du temps à observer les étoiles dans l'espoir que la fraîcheur de l'air nocturne calmerait le désir brûlant qui le dévorait.

Entre Xanthe et lui, il n'existait plus qu'une attirance

physique, un désir animal qui n'avait jamais disparu. Chercher au-delà ne servirait qu'à compliquer la situation.

Il fallait qu'il la tienne à l'écart jusqu'à ce qu'il soit certain de bien contrôler le trouble qu'elle suscitait en lui sans même en avoir conscience.

Il doutait qu'ils arrivent à passer les trois jours suivants sur ce bateau en évitant tout contact physique, mais il réussirait à contenir son désir jusqu'à ce qu'elle ait compris une chose : il n'avait rien d'autre à lui offrir que du sexe.

14.

— Dane, tout se passe bien ? cria Xanthe pour couvrir le mugissement du vent.

Après s'être hissée sur le pont, elle fixa le mousqueton de la longe du harnais de sécurité à la ligne de vie. Le voilier plongea dans un creux et une vague énorme balaya la proue, lui éclaboussant le visage.

— Retourne en bas et restes-y ! hurla-t-il en barrant pour éviter une nouvelle vague.

En moins d'une heure, un grain avait surgi. Dane l'avait arrachée à un profond sommeil pour lui expliquer ce qu'il y avait à faire en bas et lui avait donné ses instructions concernant les procédures d'urgence au cas où ils devraient utiliser le canot de sauvetage. Il avait insisté pour qu'elle prenne des cachets contre le mal de mer et lui avait ordonné de rester en bas.

Après leur discussion de la veille et la soirée qui avait suivi — durant laquelle la tension n'avait cessé de monter bien qu'ils aient tout fait pour s'éviter —, le gros temps du matin leur avait apporté une sorte de soulagement.

Elle avait donc obéi à ses ordres sèchement formulés sans discuter et accepté son évidente détermination de ne rien lui donner de trop fatigant à faire. C'était lui le capitaine et elle aurait été stupide de discuter ou de le distraire alors que la mer retenait toute son attention.

Quant à sa façon de l'appeler « princesse », il serait

toujours temps d'y revenir lorsque la tempête se serait calmée.

Pourtant, au fil des heures, la situation s'était encore dégradée et Xanthe avait commencé à se sentir inquiète et frustrée qu'il refuse catégoriquement son aide. Dans l'après-midi on était passé de force quatre à force huit dans un déchaînement de tonnerre et d'éclairs, mais Dane ne l'avait pas autorisée à remonter sur le pont.

Plutôt que de chercher à discuter, ce qui n'aurait fait qu'accroître le danger car la visibilité était presque nulle, elle s'était occupée à mettre en route la pompe de cale et à arrimer les objets dans la cabine — tout en s'efforçant de rester calme et concentrée sans se préoccuper du vacarme extérieur.

Une heure plus tôt, le vent avait commencé à faiblir un peu, même si la pluie diluvienne n'avait pas cessé. Mais deux secondes plus tôt, elle avait entendu un terrible fracas et s'était précipitée sur le pont, prête à exécuter les ordres de Dane. En le voyant debout à la barre et en constatant que le mât était intact, elle avait éprouvé un intense soulagement. Mais il fut de courte durée. Complètement trempé, les traits tirés par la fatigue, Dane était épuisé. Ses gestes, si élégants d'habitude, étaient heurtés et mal coordonnés. Elle s'en voulut de lui avoir obéi et de ne pas être remontée plus tôt pour l'aider.

Cela faisait plus de cinq heures qu'il tenait la barre sans avoir dormi auparavant plus de vingt minutes de suite depuis qu'ils avaient quitté les Bermudes, deux jours plus tôt.

Autrefois, ayant appris auprès d'un bon maître, elle s'était révélée une excellente barreuse. Il fallait qu'elle prenne les commandes. La mer se calmait, la visibilité augmentait et à l'horizon apparaissait une bande de ciel clair, à quelques miles à peine devant la proue.

— Dane, s'il te plaît, accepte de me confier la barre. Tu as besoin de dormir.

— Retourne en bas tout de suite !

Il vira à tribord et le bateau gîta. Xanthe agrippa le bastingage, mais au même moment, elle aperçut sur le front de Dane une blessure dont suintait du sang qui se mêlait à la pluie. Cette vision la bouleversa et dans son cœur, la frustration fit place à une irrépressible panique.

— Dane, tu saignes !

Il s'essuya le front de l'avant-bras.

— Tout va bien.

Elle se précipita vers lui et posa sa petite main sur la sienne : elle était glaciale.

— C'est de la folie, dit-elle, désespérant de lui faire entendre raison. Je peux te remplacer. Laisse-moi faire.

Dane se mit à frissonner. En voyant ses yeux bleus injectés de sang et voilés par la fatigue, elle comprit qu'il était sur le point de s'évanouir. Peut-être à la suite d'une commotion cérébrale ?

— C'est encore trop difficile, dit-il d'une voix que la fatigue rendait pâteuse. Tu prends des risques en restant ici.

— C'est beaucoup plus calme qu'avant.

Il avait beau être assez macho pour ne pas admettre la moindre faiblesse, elle comprit que s'il restait à la barre c'était par désir de la protéger.

— Descends au moins nettoyer ta blessure, dit-elle en chassant les tristes souvenirs qui lui revenaient en mémoire.

Les matins où il l'aidait à supporter ses nausées… L'expression de son visage quand la bandelette avait viré au bleu et qu'il lui avait demandé de l'épouser… Sans parler de la façon dont les gardes de son père avaient dû le tabasser quand il était revenu la chercher…

Son regard tomba sur cette cicatrice, près du sourcil, dont il avait refusé de lui dire l'origine. Mais le sang continuait à couler de son front, il fallait qu'elle s'en occupe. Avec cette plaie à la tête, il devait absolument prendre du repos, ne serait-ce que quelques minutes.

— Sérieusement, je peux très bien tenir la barre ! cria-t-elle d'une voix calme et forte pour couvrir le bruit du vent.

Le souvenir de la discussion qu'ils avaient eue dix ans plus tôt, le matin de son départ, lui revint brusquement en mémoire .. Une fois de plus, il avait eu le dernier mot et elle n'avait pas eu le courage d'exiger d'assumer au moins en partie leurs dépenses. Il refusait qu'elle cherche du travail, ce qui l'avait mise en colère.

Mais peut-être le moment était-il venu de reconnaître ce qui s'était réellement passé ce jour-là. Bien sûr, s'il n'avait pas eu confiance en ses capacités, c'était parce qu'elle n'y croyait pas elle-même. Et il ne l'avait pas abandonnée, il était juste parti chercher un travail pour permettre de subvenir à leurs besoins.

S'il n'avait pas pu s'appuyer sur elle, c'était parce qu'elle était trop faible, laminée par la façon dont son père la rabaissait sans cesse. Et sa démonstration de force — sa décision de s'enfuir, d'épouser Dane et de garder le bébé — n'avait été qu'un transfert de pouvoir, d'un homme à un autre.

Dane avait pris toutes les décisions car elle avait trop peur et manquait trop d'assurance pour les prendre elle-même. Qu'il puisse être lui aussi effrayé, terrifié, ne lui était même pas venu à l'esprit. Et si c'était pourtant le cas ? Et s'il ne le lui avait dissimulé que pour ne pas l'effrayer, elle aussi ?

— Je ne suis plus une princesse, Dane, cria-t-elle. Je suis plus solide que j'en ai l'air !

Parce qu'il a bien fallu que je le sois.

Elle chassa cette pensée. Jamais elle ne pourrait lui expliquer pourquoi elle était devenue si dure, cela ne servirait qu'à susciter davantage de culpabilité et d'agressivité. Jusqu'à ce qu'elle se retrouve seule dans la salle de bains du motel, elle l'avait laissé assumer toutes les difficultés. Mais aujourd'hui, elle n'était plus la même.

— S'il te plaît, laisse-moi faire.

Elle s'attendait à devoir discuter pied à pied, mais à son grand étonnement, il l'attira contre lui, et elle éprouva cette sensation désormais familière de désir et d'émotion mêlés lorsqu'il posa ses mains glacées sur les siennes qui tenaient déjà la barre.

Elle cligna des yeux pour chasser les larmes qui troublaient sa vue.

— Tu es certaine de pouvoir barrer ?

Elle acquiesça et il resta debout derrière elle, comme pour la protéger de la pluie. Un instant, elle s'adossa à lui, le souffle coupé par une intense poussée d'adrénaline, éprouvant toute la puissance du voilier sous ses pieds.

Lorsqu'elle était encore une gamine peureuse et mal dans sa peau, terrorisée par son père, quêtant sans cesse son approbation, Dane lui avait apporté la liberté et la capacité de devenir une femme. Et c'est elle qui avait tout gâché en tombant follement amoureuse de lui.

Jamais elle ne recommencerait. Jamais elle ne chercherait l'amour alors qu'elle n'avait besoin que de force.

— Tout va bien, tu peux descendre, cria-t-elle par-dessus son épaule, concentrée sur sa tâche.

— Ce ne sera pas long, répondit-il en lui pressant les mains avant de la lâcher et de lui laisser la barre. Va vers le ciel clair et évite les brisants.

Elle concentra son attention sur la vague suivante.

— D'accord. Repose-toi autant que tu en as besoin.

Elle assura sa posture pour laisser ses reins absorber les mouvements du bateau. La pluie commençait à faiblir. Dane s'écarta de la barre et ses larges épaules masquèrent un instant l'écoutille avant de disparaître dans la cabine.

Le voilier prit de la gîte et Dane frémit d'inquiétude. Il souffrait terriblement de sa blessure à la tête et son cœur était plus douloureux encore. En frissonnant, de ses doigts gourds, il ôta son gilet de sauvetage et ses vêtements trempés avant de pénétrer dans sa cabine.

Il ne fallait pas qu'il laisse Xanthe seule trop longtemps.

Elle avait toujours été douée pour naviguer et il la sentait plus résistante et plus tenace que jadis mais sur ce bateau, elle restait sous sa responsabilité.

La honte le submergea. En la forçant à naviguer par une telle tempête, il lui avait déjà fait risquer sa vie. Parce qu'il était obsédé par le souvenir de son corps humide et tiède et par le conflit émotionnel qu'elle faisait naître en lui, il n'avait pas accordé suffisamment d'attention aux nuages qui se formaient et à la baisse de la pression atmosphérique.

Ils avaient eu beaucoup de chance d'échapper à la catastrophe, mais il se sentait épuisé. Il allait dormir une demi-heure avant de reprendre la barre. Il alla d'abord chercher un morceau de gaze pour tamponner sa plaie au front. Il dormirait trente minutes, pas une de plus. Ses yeux se fermèrent et dès que sa tête toucha l'oreiller, le sommeil le terrassa.

Il se réveilla en sursaut. La cabine était sombre et la mer paraissait très calme. Les événements de la journée lui revinrent soudain.

Xanthe !

Il se redressa et la blessure que la bôme lui avait faite à la tête se rappela aussitôt à lui. Il se demanda combien de temps il avait dormi. Par le hublot, il vit qu'il faisait nuit et il découvrit sur ses genoux une couverture qui n'y était pas quand il avait sombré dans le sommeil, plusieurs heures plus tôt.

Il repoussa la couverture, en proie au doute. Xanthe était-elle toujours sur le pont, à la barre ?

Ignorant la douleur qui lui vrillait le front, il passa un short et un pull léger et traversa le salon. Les objets brisés par la tempête avaient été évacués et on avait épongé l'eau entrée par l'écoutille. Ses vêtements trempés étaient étendus, imprégnés de sel mais presque secs.

Lorsqu'il emprunta l'escalier, la brise nocturne hérissa les poils de ses bras. Il n'y avait personne à la barre, le pilote automatique était enclenché, et la voilure avait été réduite. Le voilier avançait à petite vitesse.

Xanthe était étendue dans le cockpit, endormie, son harnais toujours accroché à la ligne de vie, le poing serré sur le réveil.

Le cœur de Dane se mit à battre plus vite.

À l'horizon, il aperçut l'aube qui rougissait le ciel des Caraïbes et son cœur se serra douloureusement.

Toute la nuit, elle était restée à la barre. Comment un être en apparence si délicat, si fragile, pouvait-il faire preuve d'une telle force ? Et que faire de l'émotion qui l'étreignait en cet instant ? De ces sentiments qu'il croyait avoir vaincus dix ans plus tôt ?

Ce désir, cette possessivité… Il avait fini par se convaincre que Xanthe n'avait jamais été à lui. Ce qu'il avait éprouvé pour elle n'était qu'un rêve stupide. Il ne voulait pas redevenir ce gamin dévoré de désir. Il se sentait fatigué et plus qu'excité par la présence à bord de cette femme à laquelle il n'avait jamais pu résister. Deux jours plutôt durs émotionnellement. Et la tempête n'avait fait qu'aggraver une situation déjà très périlleuse.

Il lui caressa la joue et repoussa une mèche humide qui lui tombait sur le front.

— Hum, dit-elle en ouvrant ses yeux aussi verts que la mer et encore tout embrumés de sommeil. Dane ?

Il sentit le sang affluer dans son ventre et il en fut heureux. Le sexe avait toujours été la part la plus facile à résoudre de l'équation.

— Salut, Belle au bois dormant, dit-il avec une affection teintée d'admiration.

Elle avait accompli un exploit, il lui fallait bien le reconnaître. Il lui ôta son harnais et la prit dans ses bras.

— Tu devrais redescendre. Je vais reprendre la barre.

Comme il aurait déjà dû le faire douze heures plus tôt.

Elle ne protesta pas. Il comprit alors seulement à quel point elle était exténuée et la souleva dans ses bras pour la transporter jusqu'à sa propre cabine. Il voulait qu'elle dorme dans son lit pendant qu'il s'occuperait du bateau. Selon ses calculs, ils atteindraient les Bahamas vers minuit. Ils jetteraient l'ancre en mer et n'accosteraient que le lendemain matin, mais il ne fallait pas qu'il la touche durant le reste du voyage. Même s'il en mourait d'envie.

Ensuite, il signerait les papiers du divorce et la laisserait partir avant de perdre totalement le contrôle de la situation.

Il l'assit sur le lit et se pencha pour lui enlever son gilet. Elle ne chercha pas à résister, docile comme une enfant. Son T-shirt trempé lui collait à la peau et ses seins saillaient sous le tissu moulant.

Il serra les dents, ignorant le désir qui l'embrasait. Un désir irrésistible de réchauffer de sa langue sa poitrine glacée.

— Comment va ta tête ? murmura-t-elle d'une voix ensommeillée.

En levant les yeux, il s'aperçut que son regard était voilé et assombri par l'excitation.

— Bien, répondit-il d'une voix étranglée.

Il fallait qu'elle quitte ses vêtements mouillés et qu'elle prenne une douche chaude. Mais s'il l'y aidait, jamais il ne réussirait à se contrôler.

Il tira le réveil de sa poche arrière. Dans un quart d'heure, il devait reprendre la barre.

— Je dois retourner sur le pont, reprit-il en espérant qu'elle ne remarquerait pas l'érection, sous son short.

Et qu'elle ne se rendrait pas compte du combat intérieur qu'il menait pour ne pas la prendre dans ses bras. Car s'il cédait à son désir, jamais plus il ne pourrait la laisser repartir.

*
* *

Recrue de fatigue, Xanthe sentait le sommeil engourdir son esprit. Comme Dane était beau, debout dans la pénombre — incarnation de tous les rêves érotiques qui avaient trop longtemps perturbé son sommeil. Droit et fort… Avec la beauté rude et sauvage de sa peau hâlée, ses larges épaules et cette lueur sombre dans ses yeux d'un bleu pur… Elle frémit et ses mamelons se transformèrent en deux pointes brûlantes, presque douloureuses.

Elle entendit un juron étouffé et se retrouva allongée sur le lit tandis que son T-shirt passait par-dessus sa tête. Puis on lui ôta son short et ses sous-vêtements. Ses reins étaient engourdis, mais sa peau frémit au contact des doigts rêches de Dane qui la touchaient avec une exquise tendresse.

— Red, tu es glacée… Laisse-moi te réchauffer.

Il la souleva dans ses bras comme si elle était légère comme une plume. Elle ne sentait pas le froid. Au contraire, son corps fatigué lui semblait merveilleusement tiède et languissant.

Soudain, des jets d'eau chaude se déversèrent sur sa tête qui fut ensuite massée avec une mousse parfumée qui lui donna l'impression de revivre. Puis on l'enveloppa dans une serviette moelleuse et on la frotta vigoureusement. Elle se sentait propre et fraîche en dépit de la chaleur qui lui enflammait tout le corps.

De retour sur le lit, elle contempla le visage de l'homme aux traits rudes qui la fixait dans l'obscurité, avec une expression de désir pareille à la sienne.

Elle se dressa sur un coude et passa le doigt sur la toison qui couvrait la poitrine de Dane avant de descendre jusqu'à son nombril. Elle entendit sa respiration se précipiter et l'émotion la submergea. Sa main descendit plus bas encore et se posa sur son sexe dressé, mais il lui prit le poignet pour l'écarter.

— Non, Red, murmura-t-il d'une voix rauque.

Elle releva la tête et lut dans ses yeux la même faim que celle qui lui tordait le ventre, et elle laissa son cœur s'emplir d'une émotion à laquelle elle se refusait depuis si longtemps.

— Reste avec moi…

Les mots avaient jailli de sa bouche dans un souffle. Était-ce vraiment sa voix ? D'habitude elle était si ferme, si déterminée…

— J'ai envie de toi. Il n'y a jamais eu que toi. Ne me force pas à te supplier.

— Chut, Red, dit-il en prenant son visage entre les paumes. J'ai compris…

Elle s'allongea sur le lit, avant de se cabrer de plaisir quand il se mit à lui mordiller le bout des seins. Un désir aigu et brutal la submergea, effaçant toute autre émotion. En sentant les doigts de Dane pénétrer son intimité, elle perçut entre ses cuisses une tiède humidité. Elle se mit à haleter doucement, et l'insatisfaction qu'elle avait ressentie fit place à une extase brûlante.

Elle poussa un cri quand les lèvres de Dane descendirent sur son torse, s'attardèrent sur son nombril avant de trouver enfin le cœur de son plaisir. Une onde brûlante s'immisça jusqu'à l'extrémité de chacun de ses nerfs. Tout disparut sauf le désir de le sentir en elle, une fois encore.

Les doigts de Dane s'enfoncèrent en elle tandis que des spasmes d'une intensité inouïe lui apportaient l'oubli qu'elle cherchait. Elle cria son nom, mais ce cri de joie mourut sur ses lèvres, étouffé par la jouissance.

— Et maintenant, dors !

Cet ordre bourru lui procura une merveilleuse impression de sécurité. Une main caressa son visage et elle se pressa contre cette paume dont la rude douceur lui fit monter les larmes aux yeux. En fermant les paupières, elle sentit sur elle une couverture. Délicieusement apaisée, elle se roula en boule et s'abandonna à un sommeil profond et sans rêves.

15.

— On est arrivés à Nassau ? s'enquit Xanthe en apercevant, au fond de la baie, les lumières d'une ville qui ne pouvait être que la capitale des Bahamas.

Après avoir dormi toute la journée, elle avait l'impression que son corps bien reposé était plus jeune, plus souple, plus vivant. Malheureusement, son esprit n'était pas aussi apaisé, surtout au souvenir de son échange avec Dane, une heure avant l'aube, quand il était venu la relever à la barre. Elle en rougissait encore. L'avait-elle réellement supplié de lui faire l'amour ? Et lui avait-elle également avoué qu'il avait été son unique amant ? Après ça, comment conserver une once de dignité ? En la voyant, il s'avança vers elle de son allure de prédateur, réveillant son désir.

— Salut. La marina est en face de nous, mais nous resterons à l'ancre jusqu'au matin. Accoster après le coucher du soleil aurait été beaucoup trop dangereux, dit-il en observant le visage de la jeune femme qui rougit de plus belle. Tu as bien dormi ?

— Oui, merci.

— Je t'en prie. Merci à toi d'avoir si bien pris soin de *La Sorcière des Mers*.

À quoi bon se tromper elle-même ? Pour lui, tout ceci n'était que du sexe. Mais pas pour elle, hélas… Voilà qu'elle retombait amoureuse de lui, et elle était incapable de s'en empêcher. De nouveau, ses joues s'empourprèrent sous le regard inquisiteur de Dane.

— Il y a un problème ?

— Effectivement. Cela a quelque chose à voir avec ton fameux super pouvoir.

Il lui jeta un regard stupéfait.

— En quoi cela peut-il poser problème ? s'enquit-il avec une pointe de sarcasme.

— Cela ne pose pas vraiment problème, dit-elle en se rappelant la façon dont elle avait crié son nom, mais je voudrais être très claire concernant mes orgasmes. Je ne te demande pas la charité.

— La charité ? Je ne vois pas de quoi tu veux parler ! s'exclama Dane en sentant monter au creux de ses reins une tension renouvelée.

— Je ne veux pas de ta pitié. Quand je t'ai dit que j'avais envie de faire l'amour, j'attendais que tu remplisses ta part du contrat.

— Pardon ?

Il sentit la colère monter en lui. Toute la journée, il s'était senti sur le fil du rasoir, fou de désir pour elle. Et maintenant, voilà qu'elle l'accusait de... De quoi, au juste ?

Il ne comprenait pas de quoi elle parlait. Il lui avait donné tout ce dont il se sentait capable, et voilà qu'elle prétendait ne pas lui demander la charité.

— Tu étais épuisée, à peine capable de garder les yeux ouverts. Parce que tu avais passé la nuit à la barre, à ma place. Tu avais besoin de dormir.

— Et alors, tu as trouvé cette façon de m'aider. Merci mille fois. La prochaine fois que j'aurai une insomnie, je ne manquerai pas de faire appel à tes services.

Il n'avait rien voulu d'autre que la faire jouir dans ses bras, la faire gémir et supplier et dire son nom. Mais la fatigue aidant, elle lui avait avoué qu'il avait été son seul amant, ce qui l'avait touché au cœur. Une bouffée d'orgueil l'avait saisi, mêlée à la terreur de tenir trop à elle, une terreur qui le ramenait aux pires moments de son enfance. Alors, il lui avait donné ce qu'elle voulait, mais sans prendre ce dont il avait lui-même envie.

Et voilà qu'elle venait lui reprocher de ne pas lui en avoir donné assez !

— Quelle gratitude ! s'exclama-t-il avec ironie.

— Tu m'accuses d'être ingrate ? Tu ne comprends donc pas que je ne veux rien te devoir ? Je ne veux pas te faire pitié. Je veux être ton égale. Au lit comme ailleurs.

Il la prit par le bras pour l'attirer à lui.

— Tu veux participer ? Pas de problème.

— Tant mieux, dit-elle en se serrant contre lui pour poser la bouche sur la sienne.

En un clin d'œil, leur baiser s'était transformé en folie, réveillant le désir qui avait dévoré Dane toute la journée. Quand il prit Xanthe dans ses bras, il ne parvenait plus à se contrôler. Il ne pourrait peut-être pas la garder, mais il allait faire en sorte qu'elle ne l'oublie jamais.

Lorsqu'elle reprit ses esprits, un peu plus tard, Xanthe sentit le corps de Dane peser sur le sien et l'impression de plénitude qu'elle éprouvait céda la place à une émotion moins agréable. Il se redressa sur un coude et ramena en arrière une mèche qui tombait sur les yeux de la jeune femme. Le regard sombre qu'il lui jeta la fit frémir.

— Tout va bien ? s'enquit-il d'un air méfiant.

En sentant sa paume rugueuse lui caresser la joue, elle se détourna de lui, le cœur lourd, au bord des larmes. Pour lui, leur relation n'avait jamais été que purement physique.

— Tout va très bien, répondit-elle en pressant les paumes contre le torse de Dane pour l'écarter d'elle, car elle se sentait soudain à la fois prisonnière et vulnérable. Excuse-moi un instant…

Elle se leva, mais au moment où elle s'éloignait du lit, il la prit par le poignet pour l'immobiliser.

— Non, Xan.

Non quoi ?

— Ne t'en va pas.

Il l'attira à lui et elle se laissa aller tandis que, du pouce, il lui caressait la joue.

— Pourquoi n'y a-t-il jamais eu personne d'autre ?

Elle faillit mentir. S'il lui avait paru satisfait ou arrogant, elle l'aurait sans doute fait, mais il semblait plutôt circonspect.

— J'aurais mieux fait de ne pas te dire ça. J'ai dû avoir un moment de faiblesse. Tu ne pourrais pas l'oublier ?

— Pas question, murmura-t-il contre ses cheveux.

Elle se dit que cela devait le plomber, comme tant d'autres fardeaux qu'elle lui avait imposés.

— Si ça peut te consoler, pour moi non plus il n'y a jamais eu personne qui ait vraiment compté.

Le cœur de Xanthe se mit à battre plus vite. Dix ans plus tôt, un tel aveu l'aurait fait bondir de joie et elle l'aurait interprété comme un signe. Le signe qu'elle comptait à ses yeux, de façon évidente. Mais elle n'était plus si optimiste, ni si complaisante. Et elle ne pouvait plus se permettre de se bercer d'illusions. Cela lui avait coûté trop cher.

— Je suppose que nous avons été trop occupés tous les deux, dit-elle en s'efforçant de sourire.

— Je le suppose aussi.

Il y eut un silence.

— Cette cicatrice, au-dessous du nombril, d'où vient-elle ?

Elle se figea, incapable de répondre, et ses yeux s'emplirent de larmes.

— C'était le bébé ? demanda-t-il d'une voix hésitante qui ne fit que redoubler l'émotion qui serrait la gorge de Xanthe.

Elle acquiesça d'un signe. Il fallait qu'elle parle. Qu'il sache enfin tout ce qu'on l'avait empêchée de lui dire.

Peut-être était-ce la raison pour laquelle il lui avait toujours semblé percevoir un malaise entre eux ? Une trop grande part de leur passé était restée en suspens.

Si elle saisissait cette occasion d'y remédier, peut-être pourraient-ils continuer, chacun de son côté, et oublier tous leurs regrets ?

Tout ce qu'il lui fallait, c'était assez d'air dans ses poumons pour pouvoir enfin parler.

Le cœur battant, Dane sentit le corps de Xanthe se tendre contre le sien tandis qu'elle reprenait son souffle. Il savait déjà qu'elle avait beaucoup souffert et il s'en voulait de raviver ces horribles souvenirs. Mais la question était sortie malgré lui de sa bouche, et son désir de savoir était aussi puissant que celui de la réconforter. Pour une fois, il s'en voulait davantage à lui-même qu'au père de Xanthe.

Quoi qu'ait fait ce vieux salaud, c'était lui, Dane, qui avait quitté le motel et ne l'avait plus jamais contactée. En tout état de cause, quand elle avait eu besoin de lui, il n'avait pas été là, même s'il avait tout fait pour en rejeter la responsabilité sur le vieil homme.

— Tu te sens capable d'en parler ? demanda-t-il dans un souffle.

Elle acquiesça avant de s'éclaircir la gorge et quand elle finit par parler, elle semblait apaisée.

— Si j'ai une cicatrice, c'est parce qu'il a fallu m'opérer. Je saignais beaucoup et le…

Elle hésita un instant, le souffle court, et il eut l'impression qu'un poignard lui perçait le cœur, ranimant le sentiment de culpabilité qui le taraudait.

— Le cœur ne battait plus.

Il l'attira tout contre lui, comme pour lui transmettre sa force.

— Si tu savais comme je m'en veux, Red. Jamais je n'aurais dû insister pour qu'on se marie et qu'on aille vivre dans ce fichu motel. Si tu étais restée chez ton père…

Elle s'écarta de lui et posa un doigt sur ses lèvres pour le faire taire.

— Arrête !

Les yeux de Xanthe s'embuèrent, ce qui ajouta encore à la torture qu'il endurait.

— Tu te trompes. De toute façon, ça devait arriver. Et moi, je voulais rester avec toi.

— En tout cas, lui, il avait raison…

— À quel sujet ? demanda-t-elle, visiblement stupéfaite.

— Il m'avait traité de voyou, et c'est exactement ce que j'étais.

En prononçant ces mots, il se sentit soulagé d'avoir enfin avoué la vérité, la seule chose qu'il lui avait cachée.

— J'ai grandi dans un mobile-home, un vrai trou à rats. Mon père était un ivrogne qui prenait son pied en me cognant dessus, alors je me suis mis à traîner dans la marina pour lui échapper jusqu'à ce que je devienne assez grand pour me battre avec lui.

Même si cette réalité sordide ne pouvait jamais réparer le mal qu'il lui avait fait, cet aveu si douloureux lui prouverait au moins à quel point il s'en voulait.

Xanthe resserra le drap contre sa poitrine, sous le choc de ce que venait de lui révéler Dane. Ainsi, c'était son propre *père* qui était responsable des terribles cicatrices qui lui marquaient le dos ! Elle sentit son cœur se gonfler de compassion, non seulement pour le petit garçon qu'il avait été, mais aussi pour l'adulte qu'il était devenu et qui restait persuadé d'être un voyou.

Comment avait-elle pu se tromper à ce point et s'imaginer que, s'il ne disait rien de lui ni de son passé, c'était par arrogance, orgueil ou indifférence, alors qu'au contraire, il en avait honte ?

— Je suis désolée que ton père t'ait fait souffrir à ce point.

— Inutile de te sentir désolée pour moi. Je ne le mérite pas.

Comment ne pas lui avouer la vérité, lui dissimuler cette part d'elle-même qui n'avait jamais cessé de l'aimer ?

— Si mon père t'a traité de voyou, cela n'a rien à voir avec toi, Dane.

Elle pouvait au moins lui dire ça.

— Il t'aimait, Xan, et il voulait te protéger. Il n'y a aucun mal à ça, dit-il avec résignation. Si j'avais seulement pu…

Son regard s'attarda sur la fine cicatrice qui barrait le ventre de Xanthe.

— Moi aussi, pour notre enfant, j'aurais tout donné…, reprit-il.

Cet aveu brisa le cœur de Xanthe. Comment avait-elle pu l'accuser de ne pas s'être intéressé à leur bébé alors qu'il était évident qu'il avait beaucoup compté pour lui ? Assez pour qu'il s'accuse lui-même d'avoir provoqué une situation dont les responsables étaient leurs pères respectifs.

— Quant à mon père, tu te trompes. Il ne m'aimait pas, mais il me considérait comme une de ses propriétés.

Pourquoi ne l'avait-elle pas reconnu plus tôt ? Durant des années, elle avait bossé comme une folle pour plaire à son père et obtenir son approbation, sans jamais se demander s'il le méritait.

— Pour lui, je représentais un investissement. Une fille qui épouserait l'homme de son choix, capable de reprendre les rênes de Carmichael's après sa mort. Tomber amoureuse… Avoir un enfant d'un homme qu'il méprisait et qui refusait de céder au grand Charles Carmichael… C'étaient d'excellentes raisons de te détester.

— Toi et moi, on n'a pas eu de chance de tomber sur ces pères-là.

Elle émit un petit rire et brusquement, le flot de larmes qu'elle retenait depuis si longtemps inonda son visage.

— Le bébé aurait été un garçon, murmura-t-elle, bien décidée à en rester au passé, puisqu'ils n'avaient aucun avenir ensemble.

— Vraiment ? dit-il d'une voix où se mêlaient la tristesse et la tendresse.

— Je tenais à ce que tu le saches.

Leur bébé, après tout, était le seul lien qu'ils aient jamais eu. S'ils se disaient correctement adieu, peut-être pourraient-ils enfin se séparer ?

— Merci de me l'avoir dit.

Elle eut un hoquet et de nouveau un torrent de larmes se répandit sur son visage.

— Ne pleure pas, Red, dit-il en la serrant contre lui et en lui embrassant le sommet de la tête. Tout ça, maintenant, c'est fini.

Elle se blottit contre son torse. Elle se sentait épuisée, dévastée. Parce que pour elle ce n'était pas fini. Ça ne l'avait jamais été, et elle le savait.

16.

Le lendemain, Xanthe se réveilla fatiguée et l'esprit confus.

Durant la nuit, Dane l'avait réveillée à deux reprises et elle n'avait pas pu lui résister. Il l'avait prise de court et ses doigts habiles l'avaient guidée vers le plaisir alors qu'elle était encore plongée dans ses rêves…

Les révélations de la soirée précédente avaient été douloureuses, pour lui comme pour elle, mais elle était heureuse d'en savoir un peu plus sur le garçon qu'elle avait connu et sur les rêves qui l'avaient hanté.

En regardant par le hublot, elle aperçut de nombreux mâts. Ils venaient d'atteindre la marina.

Elle sortit du lit, enfila un corsaire et un T-shirt de Dane et se versa une tasse de café. Tout en y ajoutant de la crème et du sucre, elle tenta de remettre un peu d'ordre dans le magma d'émotions qui l'assaillait.

Elle avait un gros problème, c'était évident. Et ce n'était pas seulement le résultat des confidences échangées la nuit précédente, ni de leurs brûlantes étreintes, ni de la journée passée à surmonter les éléments déchaînés. Le problème venait de sa décision d'apporter elle-même à Dane les papiers du divorce.

Durant les dix dernières années, elle s'était abusée elle-même. Un homme contrôlait sa vie, même si elle s'était toujours efforcée de le nier.

Pourtant, elle n'avait plus rien de l'écervelée qui était

trop vite tombée amoureuse. Elle était une femme et elle se devait d'utiliser les acquis de sa maturité.

Elle reposa dans l'évier la tasse de café à laquelle elle avait à peine touché et prit une profonde inspiration avant de monter sur le pont. Debout sur le quai, Dane, l'air détendu, discutait avec un jeune homme vêtu d'un short et portant une casquette de base-ball. Le cœur de Xanthe fit un bond, mais cette fois, elle ne tenta même pas de se dissimuler l'effet qu'il produisait sur elle.

Il s'était rasé, révélant la délicieuse fossette qui lui creusait le menton et qu'elle se rappelait avoir embrassée la nuit précédente.

Elle écarta ce souvenir licencieux.

En la voyant, Dane s'interrompit et elle sentit son regard brûlant courir sur son corps tandis qu'il s'approchait d'elle.

— Bonjour…

— Salut, répondit-elle sans bouger en le regardant monter dans le bateau, les yeux emplis d'un désir communicatif. Il faut que je rentre aujourd'hui, reprit-elle d'un ton qu'elle voulait dégagé, mais anxieuse d'apercevoir un signe témoignant de l'importance de ce qu'ils s'étaient dit au cours de la nuit. Je devrais pouvoir réserver un vol au départ de Nassau.

Il y eut un long silence.

— Pourquoi ne restes-tu pas une nuit de plus ? dit-il enfin. J'ai réservé une suite au Paradise Resort et je ne rentrerai que demain à Manhattan.

Elle enfonça les mains dans les poches arrière de son corsaire pour les empêcher de trembler. Pourquoi se mettre dans un état pareil ? Il ne venait pas de lui jurer qu'il l'aimerait toujours.

— Pour quelle raison ?

Il la contempla longuement et elle comprit qu'il devinait tout ce qu'elle cherchait à lui cacher — sa panique, son désir, et tous ses rêves fous qui refusaient de mourir.

— Parce que durant vingt-quatre heures nous avons

traversé l'enfer et nous avons bien mérité une récompense. Je te ferai visiter la ville. Nassau est plutôt sympa.

— Je n'ai rien à me mettre, protesta-t-elle pour se donner le temps de réfléchir.

Elle ne devait pas s'en faire un monde. Après l'intimité forcée, sur le bateau, les émotions causées par la tempête, le manque de sommeil et le stress lié aux souvenirs du passé, cela n'avait rien d'extraordinaire qu'il lui propose une nuit de détente. Après tout, entre eux, ça marchait plutôt bien, et elle devait laisser faire un peu les choses.

— Tu n'as besoin de rien, dit-il avec son sourire coquin. Quand j'ai parlé de te faire visiter la ville, je plaisantais. On ne sortira probablement même pas de notre suite.

Elle se mit à rire car la lueur narquoise au fond de ses yeux avait suffi à dissiper la tension.

— Que va devenir *La Sorcière des Mers* quand tu auras regagné Manhattan ?

Il fit un signe en direction du jeune homme qui attendait sur le quai.

— Joe, mon skipper, la ramènera à Boston, répondit-il en la prenant par le cou. Et maintenant, arrête de tergiverser. Tu es d'accord ou pas ?

Elle aurait dû refuser, mais elle en était incapable.

Cet homme l'intoxiquait comme une drogue dangereusement addictive. Il fallait qu'elle se méfie — dans le passé, ses sentiments l'avaient brisée — mais aujourd'hui, elle était plus forte, plus raisonnable et elle n'avait plus dix-sept ans. Et cela faisait longtemps qu'elle n'avait pas vécu de moments aussi exaltants.

Il la prit dans ses bras et la couva d'un regard brûlant.

— Dis oui, Red. Tu sais que tu en as envie.

— Oui, murmura-t-elle tout contre ses lèvres.

Xanthe tenta de protester tandis que Dane la prenait par la main pour la guider à travers les rues pittoresques et colorées du centre de Nassau. Les colonnades et les vérandas témoignaient du passé colonial de l'île tandis que les 4x4 rivalisaient avec les attelages pour se frayer un chemin à travers les rues bondées de touristes.

Après les quatre jours passés sur le voilier, ils avaient bien apprécié le menu gastronomique qu'ils venaient de déguster dans le luxe d'un restaurant étoilé, mais Xanthe avait eu beaucoup de mal à se concentrer sur la nourriture. Chaque fois qu'elle levait les yeux, le désir impérieux qu'elle lisait dans ceux de Dane lui faisait perdre ses moyens.

Mais elle était bien décidée à ne plus le laisser prendre le dessus. Pourtant, depuis qu'il était apparu dans leur somptueuse suite du Paradise Resort, plus beau que jamais dans son costume foncé, leur relation s'était modifiée. Après leurs précédents ébats, elle ne s'attendait pas à éprouver une telle impression de tendresse et d'intimité.

La vie luxueuse qu'il paraissait mener avait conforté Xanthe dans sa certitude qu'il avait réussi. Elle l'avait toujours trouvé tenace et déterminé, mais à l'idée qu'il avait tant travaillé pour échapper à la misère de son enfance, elle ne pouvait s'empêcher d'éprouver de la fierté et de l'admiration.

Ni le luxe de leur hôtel — un somptueux bungalow donnant sur une plage privée de sable blanc — ni le hors-bord noir magnifiquement profilé dans lequel il l'avait emmenée à Nassau n'auraient dû la surprendre puisqu'elle connaissait déjà son penthouse de Manhattan. Mais tout comme Nassau elle-même, qui était un mélange d'élégance surannée et de décontraction caribéenne, Dane était un être pétri de contradictions. Sa richesse et sa sophistication ne diminuaient en rien son magnétisme animal. Son élégant costume ne pouvait atténuer sa virilité rude et sauvage, songea-t-elle tandis qu'il la guidait vers le quai où était amarré le hors-bord.

— J'ai toujours trouvé qu'on pourrait très bien se passer de vêtements. Surtout toi, d'ailleurs, déclara-t-il en jetant sa veste à l'arrière du bateau avant d'ôter sa cravate qu'il glissa dans sa poche de pantalon. Et je n'apprécie guère ces restaurants huppés.

— Tu n'as pas aimé leur cuisine ?

— Si, mais je l'ai trouvée trop riche.

Il lui sourit, et le contraste entre ses dents blanches et son teint hâlé rappela irrésistiblement à Xanthe le garçon qu'il avait été. Narquois, téméraire et plein de désirs.

Mais avait-il encore envie d'elle ? Vraiment ?

Il mit le moteur en route et le bateau s'éloigna du quai. Les yeux fixés sur les lumières pâlissantes de Bay Street, les cheveux au vent, Xanthe tenta d'échapper à cette question lancinante. À quoi bon chercher à tout tirer au clair ?

Plongée dans ses pensées, elle ne s'aperçut qu'ils avaient traversé la baie que lorsque le bateau ralentit à l'approche d'une plage. Des guirlandes électriques et un fond musical que couvrait un brouhaha de rires et de conversations dénotaient la présence d'un bar tout proche.

Dane éteignit le moteur et laissa le bateau dériver jusqu'à une petite jetée éclairée par des torches avant de sauter à l'extérieur pour amarrer le hors-bord.

— Où sommes-nous ? demanda-t-elle en prenant la main qu'il lui tendait pour l'aider à monter sur le quai.

— Dans mon ancien refuge favori, dit-il en la prenant dans ses bras.

Le cœur de Xanthe se serra. Elle avait l'impression de se sentir de nouveau jeune, libre et aimée — une impression qu'elle croyait ne jamais plus éprouver.

— Je t'emmène danser.

— Vraiment ? s'écria-t-elle, le cœur battant la chamade.

Le souvenir de la seule fois où il l'avait emmenée danser resurgit alors. Les formes sombres des voitures sur le parking… Les échos d'un orchestre country venus du bar dont on leur avait interdit l'entrée quand on avait repéré la fausse carte d'identité de Dane… Les bras de Dane qui dirigeaient ses mouvements tandis qu'il l'initiait aux pas compliqués d'une danse texane… La façon dont ils riaient tous les deux chaque fois qu'elle lui marchait sur les pieds.

Et la tête qui lui tournait tandis qu'ils dansaient le slow sur l'asphalte défoncé…

Elle s'était sentie si désespérément amoureuse.

Tandis qu'ils remontaient la jetée, elle tenta d'oublier, de calmer les battements de son cœur. Quand il la souleva dans ses bras pour traverser la plage de sable, elle éclata de rire. Le destin cherchait-il à éprouver la fermeté de sa résolution ?

Non, mais la nuit des Caraïbes et la perspective de danser jusqu'à l'aube avec cet homme séduisant et de connaître ensuite l'extase entre ses bras lui donnaient le vertige, comme dans son adolescence.

Les pensées et les sentiments de Dane restaient une énigme, même si les siens avaient mûri. Elle ne devait pas s'investir avant d'en savoir davantage.

Tandis qu'il la serrait plus fort sous le clair de lune, elle se conforta dans sa résolution, mais ses sens ne cessèrent de s'enflammer durant tout le temps qu'ils dansèrent au son d'un orchestre calypso. Durant leur retour au Paradise Resort, elle crut que son cœur allait éclater quand il lui murmura à l'oreille :

— J'espère que cela a compensé notre nuit de noces.

Ainsi, lui aussi s'était souvenu de leur danse sur le parking !

En entrant dans la suite, il la prit par la taille et l'attira à lui.

— C'est la plus belle soirée de ma vie. J'ai envie de la prolonger.

La brûlure de son regard dissipa les derniers doutes de Xanthe et tandis qu'il l'entraînait vers la chambre, elle sentit son cœur prendre un nouvel envol.

Dans cette robe de créateur dont le fin tissu moulait ses courbes délicates, elle l'avait rendu fou durant toute la soirée.

Les derniers vestiges de l'homme civilisé et raisonnable qu'il était devenu avaient volé en éclats. D'ailleurs, ils avaient déjà commencé à se craqueler une semaine plus tôt, dès qu'elle était entrée dans son bureau.

Ce n'était pas simplement du désir, et pour être honnête envers lui-même, il le savait depuis des jours. Il aurait mieux fait de la laisser partir. Mais il n'avait pas pu.

Parce qu'elle était à lui, de toutes les façons, et qu'il voulait la garder auprès de lui.

Il avait insisté pour l'emmener dîner, puis danser au Soca Shack — une véritable torture pour elle comme pour lui, juste pour se prouver qu'il pouvait résister. Que cela ne signifiait rien de plus. Mais il avait eu l'impression de tenir entre ses bras un rayon de lune, beau, brillant et totalement hors d'atteinte. Et il avait bien failli perdre la raison.

Il ouvrit du pied la porte de la salle de bains de la suite et la posa debout contre le carrelage avant de prendre ses seins rebondis à pleines mains et de les embrasser à travers la soie de sa robe. Elle se cabra contre lui tandis qu'il faisait glisser ses bretelles pour libérer sa poitrine. Elle voulut le caresser, mais il écarta sa main.

— Enlève ta robe, dit-il en arrachant sa chemise, et l'urgence qu'elle sentit dans sa voix alluma dans son regard une étincelle de défi.

Elle obéit, révélant la culotte de dentelle qu'il adorait. Il lui saisit les fesses et balaya d'un geste les produits de beauté déposés sur le plan de travail pour l'y hisser.

Puis il lui ôta délicatement sa culotte et glissa les doigts dans son sexe humide et chaud.

Elle laissa échapper un sanglot et s'agrippa à ses biceps tandis qu'il caressait sa chair tendre et sensible jusqu'à l'orgasme. En la voyant jouir, il éprouva une émotion puissante, euphorique.

— Tu as envie de moi ?

Elle acquiesça d'un signe et il s'enfonça en elle dans une explosion de plaisir et de désir.

Si c'était la seule façon de la garder, il allait lui donner ce qu'aucun autre homme ne lui donnerait jamais.

Elle noua les bras autour de son cou tandis qu'il plongeait en elle, encore et encore, en proie à un désir aussi délicieux que douloureux. Il poussa un cri et sa semence jaillit au plus profond du corps de Xanthe.

Soudain, l'idée lui vint qu'ils venaient peut-être de faire un autre bébé. Une idée folle. Comme dix ans plus tôt. Il l'avait prise avec fougue, mais il ne voulait pas qu'elle sache à quel point il la désirait. Lorsqu'il se retira, elle tressaillit.

— Je t'ai fait mal ?

— Pas du tout, répondit-elle d'une voix qui tremblait un peu.

Il se força à sourire, la fit entrer dans la douche et tourna le robinet d'eau chaude. Une vapeur tiède les enveloppa et il l'attira près de lui sous le jet. Il se mit à lui laver les cheveux, et lorsqu'il sentit ses mèches soyeuses sous ses doigts, le désir l'assaillit de nouveau.

Mais une peur viscérale qui le taraudait depuis longtemps l'envahit, le glaçant jusqu'à la moelle.

— Tout va bien ?

Xanthe regarda Dane sortir de la douche et s'envelopper les hanches dans une serviette.

— Très bien, dit-il sans se tourner vers elle, avant de se baisser pour ramasser les objets de toilette éparpillés sur le sol.

La joie qui avait submergé Xanthe durant leur étreinte la déserta soudain. Elle sortit de la douche et s'enroula dans un drap de bain. Elle se sentait de nouveau exposée et vulnérable. Peut-être s'était-elle complètement trompée ? Peut-être ne s'était-il rien passé de plus au cours de cette soirée ?

Elle se baissa et tendit la main pour l'aider, mais il la repoussa.

— C'est moi qui ai causé ce désordre, c'est à moi de ranger, dit-il d'une voix blanche qui glaça Xanthe.

Elle s'enveloppa plus étroitement dans le drap de bain avant de prendre une serviette pour se sécher les cheveux.

— Tes pilules, où sont-elles ?

— Pardon ?

— Tes pilules ? Tu m'as bien dit que tu prenais la pilule ? Je ne les vois nulle part.

S'il avait tenu à ramasser le contenu de sa trousse de toilette, c'était donc pour vérifier qu'elle prenait bien la pilule ?

— Je n'en prends pas.

— Dans ce cas quelle contraception utilises-tu ?

Une fois de plus, elle s'était complètement trompée.

— Je n'en utilise aucune.

— Mais alors…, commença-t-il en se précipitant vers elle pour la prendre par le bras. À quel jeu joues-tu ? Tu te rends compte que tu pourrais très bien retomber enceinte ?

Elle se dégagea, dévastée par cette accusation. Elle avait vraiment été stupide de lui mentir. Il fallait qu'elle arrête une bonne fois pour toutes de se laisser porter par des rêves romantiques qui risquaient de la détruire.

— Je ne risque rien. Je ne pourrai plus jamais avoir d'enfant, répondit-elle avant de sortir de la salle de bains.

Il fallait qu'elle lui échappe et qu'elle se rhabille pour quitter les lieux.

— Attends ! Qu'est-ce que tu viens de dire ? s'écria-t-il avant de la rattraper pour la forcer à se tourner vers lui.

— Lâche-moi. Je veux partir.

— Pas avant de m'avoir expliqué ce qui s'est passé.

Elle avait l'impression qu'une tornade l'anéantissait de l'intérieur, comme des années plus tôt, quand elle s'était battue pour accepter la vérité. Mais pas question de s'effondrer devant lui, sinon il comprendrait qu'elle était retombée amoureuse. Et s'il y avait une chose qu'elle ne pourrait pas supporter, c'était bien sa pitié.

— Je viens de te le dire : je ne peux plus être enceinte.

— Pourquoi ?

— Je ne vois pas ce qui te donne le droit de me poser cette question.

— Réponds-moi. Je veux savoir pourquoi.

Les yeux de Xanthe se mouillèrent de larmes.

— Parce que je suis stérile. J'ai attendu trop longtemps dans cette chambre de motel, avant de finir par appeler mon père. J'espérais que tu allais venir. J'avais une hémorragie qui a provoqué une infection. Tu comprends ? Et maintenant, il faut que je parte, ajouta-t-elle en se dirigeant vers le salon.

— Pourquoi ne m'as-tu rien dit ? demanda Dane avec difficulté.

— Parce que c'était arrivé et maintenant, c'est terminé.

Elle finit de se rhabiller, heureuse qu'il ne s'approche pas d'elle. Elle se sentait déjà plus forte. Elle allait s'en sortir. Elle n'était plus une gamine naïve. Il avait failli la détruire et elle n'allait pas le laisser reprendre son emprise sur elle.

Elle entassa dans son attaché-case les quelques objets qu'elle avait emportés et se tourna vers lui. Il se tenait sur le seuil, la serviette toujours drapée autour des hanches, l'air glacial et impénétrable.

— C'est idiot, dit-elle, mais pendant un moment, j'ai presque cru que ça pourrait marcher, entre nous. Qu'on allait pouvoir réparer les erreurs du passé et repartir sur de nouvelles bases.

— Comment ?

Il paraissait si stupéfait qu'elle hésita un instant avant d'ajouter :

— C'était une idée stupide.

Elle aurait voulu se mettre en colère contre lui, mais elle ne pouvait pas. Tout ce qu'elle éprouvait, c'était une terrible sensation de perte.

— Je suis désolé, Red. Je ne voulais pas te faire de mal.

Il s'approcha, mais elle recula d'un pas.

— Tu ne te rends pas compte que ça ne sert qu'à rendre la situation plus douloureuse ?

Le regard de Dane n'était plus si froid. Dans ses yeux, elle lut de la confusion, du regret et peut-être même de la tristesse. Mais elle se raidit, de peur de croire qu'ils avaient encore une chance, et sortit de son attaché-case les papiers qu'il devait signer pour en finir avec leur mariage.

— Tu t'attendais à ce que je te fasse confiance, Dane, et quand tu t'es rendu compte que ce n'était pas le cas, ça t'a mis en colère. Mais la vérité, dit-elle en posant les papiers sur la table basse, c'est que j'ai confiance en toi. Comme autrefois. Parce que je n'ai jamais cessé de t'aimer. C'est ce qui rend si ironique le fait que, toi, tu ne m'aies jamais fait confiance.

Le regard de Dane se fit très sombre, mais il ne chercha pas à l'empêcher de quitter la pièce. Et malgré la douleur qui lui tordait le ventre, elle réussit à se tenir droite jusqu'au moment où elle monta dans le taxi qui devait l'emmener au port.

— Tout va bien, madame ? s'enquit le chauffeur.

— Très bien, murmura-t-elle.

Oui, tout finirait par s'arranger, se dit-elle en ravalant ses larmes. Dane faisait partie de son passé, un passé douloureux et poignant. Même si, durant ces quelques jours, elle avait failli l'oublier.

Il n'avait jamais été méchant, seulement incapable de l'aimer. En tout cas, pas de la façon dont elle aurait voulu l'être.

Une fois rentrée en Angleterre — là où elle menait une vie qui lui convenait —, tout reprendrait sa place.

Mais tandis qu'elle se dirigeait vers le quai où attendait le bateau pour Nassau, même la perspective de travailler soixante heures par semaine et de retrouver son luxueux appartement donnant sur la Tamise ne suffit pas à la rasséréner. Ni à éteindre la nostalgie d'un bonheur qui n'avait jamais existé que dans sa folle imagination.

17.

— Bill dit qu'ils sont prêts à signer le contrat Calhoum. Il vient de vérifier et tout semble en ordre.

— Très bien, Angela, approuva Xanthe tout en observant un petit bateau de plaisance qui remontait la Tamise.

Le soleil de juillet illuminait l'eau grisâtre, lui rappelant…

— Tout va bien, mademoiselle Carmichael ?

Xanthe se tourna vers son assistante qui la scrutait d'un air inquiet, comme souvent depuis quelque temps. Depuis son retour des Bahamas.

Reviens sur terre.

— Très bien, répondit-elle en luttant pour sortir de sa rêverie.

Non, tout n'allait pas bien. Elle ne dormait plus, elle mangeait à peine, elle se sentait fatiguée, vidée, sans énergie. Elle devait être surmenée. Après ce voyage… difficile aux Caraïbes, dès son retour, elle s'était immergée dans le travail. Elle avait besoin de s'occuper, de se sentir utile, d'avoir un but dans la vie, tout ce qui lui manquait avant de tomber amoureuse de Dane, la première fois.

Mais le travail ne constituait pas une panacée.

Dane lui manquait, et pas seulement physiquement. Ce qui lui manquait, c'était aussi son charisme, son énergie, son obstination et même cette arrogance qu'elle croyait détester. Même leurs querelles lui manquaient.

Mais pourquoi ne pouvait-elle s'empêcher de penser à lui ? À la façon dont il l'avait prise dans ses bras quand elle pleurait sur leur bébé ? En comparaison de l'énergie qu'il lui avait insufflée durant ces quelques jours, tout lui paraissait terne et sans vie.

Et cette expression sur son visage, quand elle lui avait dévoilé ses folles espérances… Il avait paru stupéfait.

Chaque nuit, depuis son retour, elle cherchait à décrypter cette expression. Incrédulité ? Dédain ? Espoir ?

Angela déposa une liasse de papiers sur son bureau.

— Il ne vous reste qu'à signer, ici, et ici, s'il vous plaît.

Xanthe prit son stylo et hésita, l'esprit embrumé par la fatigue et la confusion.

— Rappelez-moi, le contrat Calhoum, sur quoi porte-t-il déjà ?

Angela laissa échapper un imperceptible soupir avant de lui répondre, l'air inquiet.

— Cela fait trois mois que vous y travaillez. Pour investir dans un nouveau terminal, à Belfast.

Au moment où elle signait, Xanthe sentit son regard se brouiller de larmes. Pourquoi ne pouvait-elle s'empêcher de revenir en permanence sur ce qu'avait dit et fait Dane ? Cherchait-elle un prétexte pour renouer le contact ?

Pitoyable. Elle était pitoyable.

L'Interphone bourdonna sur le bureau et elle appuya sur le bouton tandis qu'Angela rangeait le document dans le dossier.

— Oui, Clare ? s'enquit-elle.

— Il y a là un monsieur qui insiste pour vous voir, mademoiselle Carmichael. Il dit qu'il vous apporte des documents. Puis-je le faire entrer ?

— Dites-lui de vous les laisser, ordonna-t-elle avant de mettre fin à la communication. Angela, pouvez-vous vous en charger ? Je crois que je vais rentrer chez moi.

— Bien sûr, mademoiselle Carmichael.

Mais à peine Angela avait-elle ouvert la porte que Xanthe sursauta en entendant une voix rauque, dans le couloir. Dane surgit soudain, suivi de la réceptionniste.

— Excusez-moi, monsieur, mais vous ne pouvez…

— Bien sûr que si, dit-il en contournant Angela, toujours debout sur le seuil.

Xanthe se leva, les jambes chancelantes, en proie à une joie mêlée de stupéfaction et de confusion.

— Qu'est-ce que tu viens faire ici ?

Ne lui avait-elle pas dit clairement qu'elle ne voulait plus le revoir ?

Il tira une liasse de papiers de la poche intérieure de sa veste et les jeta sur le bureau.

— Je suis venu te dire que je refuse de signer.

— Dois-je appeler la sécurité ? s'enquit Angela.

Si seulement cela pouvait se régler aussi facilement…

— C'est inutile, Angela.

— Je suis son mari.

— Excusez-moi…, balbutia Angela, rougissante.

— Je m'en occupe, intervint Xanthe. Laissez-nous, s'il vous plaît, et fermez la porte.

Une fois sa jeune assistante sortie, elle jeta un coup d'œil aux feuillets éparpillés sur son bureau. Les papiers du divorce qu'elle avait tenté de faire signer à Dane pour protéger son entreprise.

— Quand tu en auras assez de terroriser mes employés, pourrais-tu m'expliquer pourquoi tu es venu en personne me répéter quelque chose que je savais déjà ?

Dès son retour, elle avait imprimé de nouveaux papiers. Dépourvus du codicille annulant les dispositions testamentaires de son père.

— Notre divorce n'est plus qu'une formalité, déclara-t-elle en espérant que sa voix ne trahissait pas la panique qu'elle ressentait. Au cas où ton avocat ne t'aurait pas mis au courant, je lui ai fait parvenir de nouveaux papiers auxquels tu ne devrais rien trouver à redire. Puisque tu as obtenu ce que tu voulais, je te fais confiance pour ne pas engager une action en justice.

— Je ne signerai pas non plus ces nouveaux documents.

— Pourquoi ?

Cherchait-il à la torturer ? À prolonger ses souffrances ? Que lui avait-elle fait pour mériter cette punition ?

— Parce que je ne veux pas, dit-il d'une voix plus douce. Tu comptes trop pour moi.

— Tu te trompes.

Peut-être lui faisait-elle pitié ? De toute façon, il était trop tard.

— Ne fais pas comme si tu savais mieux que moi ce que je ressens, Red.

— Ne m'appelle pas comme ça.

En entendant ce doux surnom, elle sentit se lézarder toutes ses défenses. Dane fit le tour du bureau. Elle recula d'un pas, mais son dos heurta le mur. Très doucement, il enroula une boucle de ses cheveux autour de son doigt.

— Je suis venu te demander pardon. Pardon de m'être comporté comme un monstre.

Le cœur de Xanthe bondit dans sa poitrine et une boule de panique se forma au fond de sa gorge.

— Non. Ça ne peut pas recommencer. Il faut que tu partes.

Dane observait Xanthe. Sous son masque de détermination, la douleur qu'il lui avait causée restait perceptible, dans les cernes qui soulignaient ses yeux et que le maquillage ne parvenait pas à dissimuler. Il s'était comporté comme un lâche.

Il venait de passer deux semaines à lutter contre ses propres peurs, et puisqu'il avait choisi de s'y confronter, il fallait risquer le tout pour le tout. Lui avouer enfin la vérité.

— Je ne veux pas de ce divorce. Je n'en ai jamais voulu.

Jamais une phrase ne lui avait semblé si difficile à prononcer. Plus que celles qu'il avait dû articuler pour plaider sa cause vingt ans plus tôt, dans sa vieille caravane.

— Je t'aime. Je t'ai toujours aimée.

Elle resta immobile et muette. Le soleil éclaboussait sa chevelure d'or rouge.

— Je ne te crois pas, balbutia-t-elle, visiblement sur ses gardes et trop confuse pour paraître heureuse. Si tu m'avais aimée, tu aurais su me faire confiance.

Il avait beau n'avoir jamais été romantique ni optimiste, ni enclin à s'expliquer, à se justifier ou à exprimer ses sentiments, il sentit s'éveiller en lui une lueur d'espoir.

— Je t'ai toujours fait confiance, même si je l'ignorais moi-même.

— Tu ne m'as pas fait confiance, puisque tu t'es imaginé que je m'étais fait avorter. Même chose concernant ma stérilité : tu es allé jusqu'à fouiller mon nécessaire de toilette.

— Je sais. Mais c'était à cause d'un problème qui s'était produit bien avant que je te rencontre. C'est seulement maintenant que je m'en rends compte.

— Un problème ? Quel problème ?

Il n'était même pas certain de pouvoir s'expliquer clairement, mais il le fallait, s'il voulait garder la moindre chance…

— Un jour, tu m'as demandé ce qui était arrivé à ma mère.

— Et tu m'as dit qu'elle était morte quand tu étais petit, comme la mienne.

— Elle n'est pas morte. Elle est partie.

— Comment ? Quand ?

En voyant Dane baisser la tête, Xanthe sentit son cœur se briser. Il avait prétendu l'aimer, mais comment le croire ?

— Quand j'avais huit ou neuf ans.

— Je ne vois pas le rapport avec ce qui s'est passé entre nous.

Il se passa la main sur le crâne et finit par relever la tête pour croiser son regard.

— Moi non plus, je ne le voyais pas. Je croyais que

j'avais surmonté ça. Mais elle m'a tellement manqué que j'ai fini par la détester d'abord, et ensuite par me convaincre que je l'avais oubliée.

— Mais ce n'était pas vrai ?

Il acquiesça en se tournant vers la fenêtre.

D'une certaine façon, elle ne s'attendait pas à ce qu'il s'explique. Elle n'était même pas certaine d'en avoir envie.

— Quand il avait bu, il en venait à la frapper. Elle me disait d'aller me cacher. Une nuit, je me suis caché pendant des heures. Il hurlait et elle pleurait. Le bruit des…

Il s'arrêta, et sur son visage elle lut le traumatisme qu'il lui avait toujours dissimulé.

— Elle était enceinte. Il l'a giflée à plusieurs reprises avant de sortir pour aller se soûler davantage, je suppose. Quand je suis sorti de ma cachette, elle faisait sa valise. Elle saignait de la bouche et j'étais terrifié. Je lui ai demandé de m'emmener, mais elle m'a dit que c'était impossible, qu'il fallait qu'elle protège son bébé et que j'étais assez grand pour m'en sortir jusqu'à ce qu'elle revienne.

Ses doigts se crispèrent sur le bord du bureau.

— Mais elle n'est jamais revenue me chercher.

Était-ce pour cette raison qu'il n'avait jamais plus pu faire confiance à personne ? Parce que celle qui lui avait promis de le protéger l'avait abandonné ?

— Dane… Je suis désolée.

De nouveau, Xanthe sentit son cœur se briser pour ce gamin qu'on avait forcé à grandir trop vite. Mais comment revenir en arrière pour modifier le passé ?

— Je comprends pourquoi tu as toujours trouvé si difficile de montrer la moindre faiblesse.

Parce que dès l'âge le plus tendre, il avait dû survivre seul et que cette autonomie l'avait sauvé. Comment aurait-il pu vouloir s'en défaire ?

— Mais moi, reprit-elle, j'ai du mal à supporter de vivre avec quelqu'un qui ne m'aime pas autant que je l'aime. C'était le cas entre mon père et moi. Et aussi avec toi. Si j'ai tellement attendu avant de l'appeler, ce jour-là, au motel, c'est que je ne voulais pas te trahir. Je t'aime, Dane, et je t'aimerai sans doute toujours. Avec toi, je me sens si vivante… Mais je ne peux pas vivre avec toi si tu ne me considères pas comme ton égale. Et jamais je ne le serai tant que tu me dissimuleras une part de toi-même.

Il la prit par les poignets pour l'attirer à lui, front contre front, bouche contre bouche.

— Je t'en supplie, donne-moi une nouvelle chance, murmura-t-il. J'ai aimé cette fille parce qu'elle était douce, drôle et sexy, mais aussi, fragile. J'ai cru pouvoir la protéger comme je n'avais pas su protéger ma mère.

Il avait l'air si tendre que Xanthe sentit ses yeux s'embuer de larmes.

— Mais, Dane, je ne suis plus cette fille-là…

— Laisse-moi terminer, Red. J'aime encore plus la femme que cette fille est devenue.

— Si ce n'est pas vrai, inutile de faire semblant.

— Tu crois que si je t'ai parlé de ma mère c'était pour te culpabiliser ?

— Non, bien sûr, mais…

— Si je te l'ai dit, c'est pour que tu comprennes pourquoi j'ai mis si longtemps à reconnaître l'évidence. J'avais peur de trop tenir à toi, Red, comme j'avais jadis tenu à elle. Mais sais-tu ce que j'ai ressenti quand tu es entrée dans mon bureau et que tu m'as appris que nous étions toujours mariés ?

— De la peur ?

— Peut-être un peu, mais surtout, du désir.

— Pure attirance sexuelle.

— C'est ce que je me suis dit. Et toi aussi. Mais nous savons que nous nous mentions à nous-mêmes.

Elle baissa la tête mais il la prit par le menton pour la forcer à croiser son regard.

— J'aime la femme que tu es devenue. Toujours aussi tendre et sexy, mais assez solide pour me tenir tête. Je ne suis pas très doué pour l'introspection, mais je sais que je n'ai pas envie de signer ces papiers et que je veux donner une nouvelle chance à notre mariage. Une chance bien réelle, cette fois-ci.

— Mais je vis à Londres et toi à New York. Et nous…

— … pourrons gérer la situation si nous en avons suffisamment envie.

— Et je ne peux pas avoir d'enfant naturellement. Même si j'ai très envie d'être mère.

— Nous envisagerons toutes les possibilités : la FIV, l'adoption…

— Tu irais jusque-là pour moi ? insista-t-elle, stupéfaite de le sentir aussi positif à ce sujet.

— Pas seulement pour toi, mais aussi pour moi. Je veux que tu deviennes mère. Je l'ai toujours voulu, mais j'avais trop peur de ne pas être un père à la hauteur.

Elle lui sourit à travers ses larmes.

— À mon avis, dit-elle pour le taquiner, autoritaire comme tu es, tu feras sûrement un bon père. Et tu es aussi assez protecteur, assez solide et assez joueur.

Elle se blottit contre lui et lui offrit ses lèvres.

— Donc il ne nous reste plus qu'à nous atteler à la tâche.

— Est-ce un consentement ? Es-tu d'accord pour que nous prenions un nouveau départ ?

— Si tu l'es, je le suis aussi.

Il la prit par la taille et la souleva du sol.

— Cela signifie-t-il que nous allons devoir faire l'amour sans répit ? demanda-t-il en la couvant d'un regard plus brillant encore.

— Il est midi et nous sommes dans mon bureau, protesta-t-elle. Les circonstances ne me semblent guère appropriées.

Il lui sourit et la serra contre lui à l'étouffer.

— Eh bien, à moi, elles me paraissent au contraire parfaitement appropriées.

Épilogue

— Prends Rosie. Je m'occupe de Lucas.

En riant, Xanthe souleva son fils de trois ans qui fonçait vers la piscine tandis que son mari courait après leur fille de un an qui partait dans la direction opposée.

Rosie se tortilla quand son héros fabuleux la prit sous son bras pour la ramener dans leur maison qui dominait l'océan.

Après trois FIV infructueuses, deux ans plus tôt, Dane et elle s'étaient lancés dans une procédure d'adoption avant de découvrir qu'elle était enceinte la semaine même où on leur avait annoncé l'arrivée de leur fils adoptif. Deux enfants d'un coup, cela les avait comblés et terrifiés à la fois. Seraient-ils capables d'offrir à Lucas toute l'attention requise par un garçon dont les débuts dans la vie avaient été très difficiles, tout en s'occupant d'un nouveau-né ?

Xanthe se souvenait encore de leurs discussions à ce sujet, qui se prolongeaient parfois tard dans la nuit. Mais à peine avaient-ils vu Lucas qu'ils l'avaient aussitôt adoré tous les deux. Tout comme sa sœur dès qu'elle était née.

— Maman, je veux encore nager, demanda Lucas.

— Il est l'heure de dîner, mon ange.

— Mais j'ai encore envie de nager !

Dane posa un baiser sur le nez de Rosie avant de la passer à Xanthe.

— Tu n'as qu'à faire dîner notre diva, et moi, je vais donner son bain à Terminator, dit-il en le hissant au-dessus de sa tête. Allez, viens, on va mettre le bazar dans la salle de bains.

— Papa, on pourra faire une course de bateaux ?

— D'accord, mais cette fois-ci, c'est moi qui vais gagner.

— Non. C'est toujours moi qui gagne !

Lucas se mit à rire tandis que son père le portait dans l'escalier de la somptueuse maison de vacances de Martha's Vineyard qui était devenue leur résidence commune.

Dane, qui avait déjà relocalisé son équipe de designers de New York à Cape Cod, s'apprêtait à faire de même pour les départements de marketing et de sponsoring. Désormais sa réputation était telle que c'étaient les clients qui venaient le solliciter.

Xanthe laissa son regard s'attarder sur son dos où le hâle avait presque totalement effacé les vieilles cicatrices et sur ses fesses dont les muscles saillaient sous le tissu humide de son short. En voyant disparaître ses deux hommes dans l'escalier, elle sentit son cœur se gonfler d'amour.

Rosie se blottit contre son épaule en suçant son pouce. Elle sentait le sel, la crème solaire et cette délicieuse odeur de bébé que Xanthe adorait.

— Allez, ma princesse, on va voir si tu es encore en état d'avaler un peu de nourriture avant de tomber de sommeil.

Ella, leur intendante, surgit de la cuisine, et à l'odeur de la tourte au poulet qu'elle avait préparée pour les enfants, Xanthe sentit son appétit se réveiller.

— Voulez-vous que je la fasse manger pendant que vous prenez votre douche ?

— Non, je m'en charge.

Ella et John, un couple de quinquagénaires, s'occupaient de la maison, ce qui permettait à Dane et à Xanthe de se concentrer sur l'éducation des enfants et la direction des deux multinationales qui requéraient leur présence aux quatre coins du monde.

— Vous n'avez pas envie de prendre votre soirée ? proposa-t-elle à Ella. Cette tourte sent délicieusement bon.

— Vous êtes certaine que vous n'avez plus besoin de nous ? À propos, j'en ai justement fait une autre pour Dane et vous.

— Merci beaucoup. À demain.

Ella embrassa Rosie avant de regagner le pavillon qu'elle partageait avec son mari sur la propriété.

Tandis que Xanthe installait sa fille dans sa chaise haute, des cris sauvages retentirent au premier étage. Visiblement, la course de bateaux avait commencé et la baignoire devait déborder.

Xanthe songea que sa vie n'était plus aussi bien réglée qu'avant, quand elle n'avait que son travail pour la remplir. Dane et elle possédaient une maison au bord de la Tamise, et il avait conservé son appartement de New York. Pour le moment, ils se partageaient entre ces résidences mais ils finiraient bien par se fixer quelque part. En lui donnant son cœur une seconde fois, elle s'était créé une famille et un style de vie qu'elle adorait, et elle avait découvert que pour elle il n'y avait au fond que l'amour qui comptait.

Rosie recracha une grosse bouchée de nourriture avant d'enfourner le pouce dans sa bouche.

— Très bien, madame, lui dit Xanthe en la sortant de sa chaise, il est temps que je te confie à ton père. Il va te lire une histoire et moi, je ferai manger ton frère avant de ranger la salle de bains.

Quand les deux petits seraient endormis, elle aussi, elle avait un projet pour la soirée. Avec son mari.

— Et si on emmenait les enfants à Montserrat le mois prochain ? proposa Xanthe, un peu plus tard, au bord de la piscine, blottie contre le torse de Dane.

Le soleil commençait à baisser sur l'horizon, illuminant la piscine. Les enfants dormaient comme des loirs et la tourte d'Ella n'était plus qu'un lointain souvenir.

— Montserrat ? Le mois prochain ? répéta-t-il en lui

mordillant l'oreille. Pourquoi pas ? Je dois essayer un prototype. On pourrait louer une maison et emmener Ella et John pour garder les enfants pendant que nous travaillerions. Peut-être pourrait-on même faire une petite course tous les deux.

— Ça me conviendrait parfaitement. Du moment qu'on reste connectés et que je peux m'occuper de notre nouvelle filiale de Shanghai, dit-elle en le fixant d'un air qui fit soudain naître en lui une onde brûlante de désir. Mais pour le moment, j'ai tout autre chose en tête…

— Vraiment ? dit-il en glissant ses larges mains sous les fesses de Xanthe pour la soulever dans ses bras. C'est ce que nous allons voir.

Elle se mit à rire. Arrivé dans la maison, il monta l'escalier quatre à quatre jusqu'à leur chambre. Après l'avoir déposée sur le lit, lui avoir ôté ses vêtements et s'être lui-même déshabillé, il la fixa droit dans les yeux et le cœur de Xanthe bondit de joie en y lisant le reflet de l'amour qu'elle lui portait.

— Pas de doute, tu es une vraie sorcière. Ma Sorcière des mers, chuchota-t-il en lui mordillant le bout du sein.

— Peut-être pourrais-tu utiliser tes super pouvoirs pour faire en sorte que je ne l'oublie jamais.

— C'est exactement ce que j'avais en tête…

Azur

HARLEQUIN

Découvrez le mois prochain
dans votre collection Azur,
la nouvelle série inédite

ORGUEIL & DESTINÉE

Visuel non définitif

Ils n'ont qu'un devoir : faire honneur à leur royaume.

1 roman inédit chaque mois de février à avril 2018

HARLEQUIN
www.harlequin.fr

Retrouvez en février 2018,
dans votre collection

Azur

Un héritier pour le cheikh, de Maggie Cox - N°3916

ENFANT SECRET

Lorsque le prince Zafir el-Kalil se penche vers elle et l'embrasse, Darcy comprend que les sentiments brûlants qu'il provoquait en elle à l'époque de leur aventure sont demeurés intacts. Un frisson la parcourt alors à l'idée de lui annoncer que le royaume de Zachariah a un héritier. Pourtant, elle devrait se taire, elle le sait. Car l'odieux souvenir de sa répudiation la poursuit sans relâche, tout comme la vision du visage haineux de Zafir quand il l'a accusée de l'avoir trompé avec son frère. Parviendra-t-elle à le convaincre que tout cela n'est qu'un tissu de mensonges ? Il le faut. Pour qu'elle puisse laver son honneur. Mais aussi – et surtout – pour que Sami, son fils de 4 ans, ait enfin un père…

Dans les yeux de son patron, de Chantelle Shaw - N°3917

COUP DE FOUDRE AU BUREAU

Elle séduira Alekos Gionakis, son patron. Sarah s'en est fait le serment. N'est-elle pas secrètement amoureuse de cet homme ténébreux et charismatique depuis des années ? Son attente – et sa souffrance de devoir le côtoyer jour après jour sans jamais avoir osé lui révéler qu'elle rêve de passer une nuit, rien qu'une seule, entre ses bras – n'a-t-elle pas assez duré ? Désormais, elle est prête : elle prouvera à Alekos qu'elle n'est pas seulement l'assistante consciencieuse qu'il ne remarque même plus, mais une femme qui entend bien faire découvrir à ce séducteur invétéré qu'elle vaut la peine d'être aimée…

Une scandaleuse trahison, de Miranda Lee - N°3918

Des photos d'elle embrassant un inconnu sur le balcon d'un grand hôtel… Lorsque Scott, son mari, lui tend les clichés et lui demande des comptes, Sarah reste interdite. Désormais, elle comprend mieux pourquoi il l'a accueillie avec ce ton glacial et cette lueur de rage au fond des yeux. Pourtant, ces photos ne sont qu'une vulgaire tentative de manipulation ! Qui cherche à bafouer sa réputation ? Jamais elle n'aurait trahi Scott, qu'elle aime passionnément et auquel elle a tout donné ! D'ailleurs, comment peut-il, lui qui la connaît mieux que personne, douter de sa fidélité ? Sarah, déçue et blessée, a besoin de temps pour elle mais parviendra-t-elle à résister au charme dévastateur de son mari…

La volonté du prince, de Sharon Kendrick - N°3919

À l'instant où le prince Luciano Gabriel Leonidas franchit les portes de sa boutique de vêtements, Lisa stoppe net son ouvrage. Que vient faire ici son premier amant – le seul homme qu'elle ait jamais aimé ? Lui proposer un marché, apparemment : si elle accepte de se faire passer pour sa fiancée le temps du mariage auquel il est convié, ses créations pourront bénéficier d'une incroyable publicité... Une proposition plus que tentante, pour elle qui cherche la reconnaissance professionnelle. Mais aussi extrêmement risquée, Lisa le sait. Car accompagner Luciano à ce mariage signifie entamer une nouvelle relation avec lui, avant de le voir disparaître de sa vie... de nouveau.

À la merci de Cruz de Carillo, d'Abby Green - N°3920

Bouleversée, Trinity sait qu'elle n'a plus le choix : si elle veut pouvoir élever ses jumeaux, Mateo et Sancho, de façon décente après le décès de son époux – lequel, elle vient de le découvrir, l'a laissée sans un sou –, elle va devoir demander son aide à Cruz de Carillo, son beau-frère. Cruz, un impitoyable séducteur qu'elle a toujours détesté ; ne la prend-il pas pour une femme vénale et opportuniste ? Cruz, pour lequel elle éprouve bien malgré elle une attirance qu'elle tente par tous les moyens de masquer... et de réprimer.

Un époux à convaincre, d'Anne McAllister - N°3921

Elle était mariée... avec Dominic Wolfe.

S'il n'avait pas été là, près d'elle, dans cette chambre qu'ils allaient maintenant partager à New York, Sierra ne l'aurait pas cru. Car tous deux n'ont rien en commun, si ce n'est cette incroyable entente charnelle. Au lit, Dominic n'est plus l'homme d'affaires au costume impeccable, et elle la coiffeuse excentrique. Dans le secret de la chambre à coucher, ils sont simplement un homme et une femme en proie au même désir irrépressible. Hélas ! la passion ne dure pas. Et si Sierra rêve que Dominic partage un jour ses sentiments, elle sait aussi qu'il s'est juré de ne plus aimer, et qu'il faudra bien davantage que des corps à corps torrides pour transformer leur mariage d'intérêt en une véritable union...

Son désir pour le prince, de Natalie Anderson - N°3922

Malgré les semaines qui passent, le souvenir brûlant du plaisir que Bella a ressenti entre les bras du prince Antonio de Santis ne s'estompe ni ne s'atténue. De cet homme, elle se sent terriblement dépendante désormais. N'est-ce pas franchement ironique, pour elle qui prétendait ne jamais s'attacher ? D'autant plus ironique qu'Antonio l'a humiliée, en l'abandonnant brutalement, juste après l'avoir initiée au plaisir. Pourtant, et bien qu'elle ne supporte pas l'arrogance dont il fait preuve à son égard, Bella n'a qu'une hâte : recommencer...

La fierté du prince, de Jennifer Hayward - N°3923

SÉRIE : ORGUEIL & DESTINÉE - 1ER VOLET

Le prince Nikandros d'Akathinie. Un homme énigmatique, arrogant et extrêmement sûr de lui. Aussi, le jour où elle apprend avec effroi qu'elle est enceinte de lui, Sofia sent-elle une panique irrépressible l'envahir : elle doit fuir pour protéger son bébé, et vite. Car, s'il découvre qu'elle attend un enfant de lui, le prince, obsédé par la nécessité de donner un héritier à son royaume, la contraindra à le suivre en Akathinie. Pire, il pourrait même enlever son bébé. Pour l'élever seul…

La loi du royaume, de Maisey Yates - N°3924

SÉRIE : AU NOM DU ROYAUME - 2E VOLET

Le jour où Bailey découvre Raphael DeSantis dans son salon, elle sent une rage sourde poindre en elle. Comment ose-t-il venir l'importuner chez elle, après tout ce qu'il lui a fait subir ? Aussitôt, le souvenir des événements des derniers mois lui transpercent le cœur une nouvelle fois : Raphael lui annonçant qu'il va se marier avec une autre, Raphael la prenant dans ses bras une dernière fois avant de la quitter… Pour Bailey, c'en est trop. Il doit partir, et sur-le-champ. Pourtant, il est trop tard : Raphael a remarqué son ventre arrondi et a compris. Compris qu'il serait bientôt père, et pourrait offrir un héritier à son peuple. Dès lors, il se montre intraitable et ne laisse d'autre choix à Bailey que de le suivre à Santa Firenze… pour le bien du royaume.

Cette dernière nuit entre tes bras, d'Anne Mather - N°3925

Une dernière nuit d'amour. C'est tout ce que Joanna attend de Matt avant qu'ils ne divorcent. Une nuit de passion dans la chaleur de Miami, lors de laquelle, pendant quelques heures, ils pourraient oublier leurs différends. Une nuit de plaisir et d'insouciance… Ils se sont tant aimés, autrefois ! Seulement voilà, Joanna ne le sait que trop bien : plus rien n'est possible entre Matt et elle. Du moins le croit-elle, jusqu'à ce qu'un événement inattendu vienne bouleverser leur existence…

La maîtresse du désert, de Penny Jordan - N°3926

Dire que, parmi tous les candidats, c'est elle qui a été choisie pour cette mission scientifique dans le désert ! Samantha est aux anges. Mais, une fois sur place, lorsqu'elle voit arriver le cheikh Vereham al-a'Karim, le puissant souverain du royaume qui doit diriger les travaux en personne, elle sent son cœur chavirer. Comment aurait-elle pu imaginer qu'elle allait retrouver ici l'envoûtant inconnu avec lequel elle a échangé un fiévreux baiser, quelques mois plus tôt ? Surtout, comment va-t-elle pouvoir travailler au côté d'un homme qui ne lui fait manifestement pas confiance… et éveille en elle un désir qu'elle n'aurait jamais pensé pouvoir éprouver ?

OFFRE DE BIENVENUE

Vous êtes fan de la collection Azur ?
Pour prolonger le plaisir, recevez gratuitement

◆ 2 livres Azur gratuits ◆
et 2 cadeaux surprise !

Une fois votre colis de bienvenue reçu, si vous souhaitez continuer à recevoir nos romans Azur, cela se fera automatiquement. Vous recevrez alors chaque mois 6 romans inédits de cette collection au tarif unitaire de 4,40€ (Frais de port France : 1,79€ - Frais de port Belgique : 3,79€).

➡ LES BONNES RAISONS DE S'ABONNER :

Aucun engagement de durée ni de minimum d'achat.
◆
Aucune adhésion à un club.
◆
Vos romans en avant-première.
◆
La livraison à domicile.

➡ ET AUSSI DES AVANTAGES EXCLUSIFS :

Des cadeaux tout au long de l'année.
◆
Des réductions sur vos romans par le biais de nombreuses promotions.
◆
Des romans exclusivement réédités notamment des sagas à succès.
◆
L'abonnement systématique et gratuit à notre magazine d'actu ROMANCE.
◆
Des points fidélité échangeables contre des livres ou des cadeaux.

➡ REJOIGNEZ-NOUS VITE EN COMPLÉTANT ET EN NOUS RENVOYANT LE BULLETIN !

ZZ8F09
ZZ8FB1

N° d'abonnée (si vous en avez un) : ☐☐☐☐☐☐☐☐☐☐

Mme ❐ Mlle ❐ Nom : .... Prénom : ....

Adresse : ....

CP : ☐☐☐☐☐ Ville : ....

Pays : .... Téléphone : ☐☐☐☐☐☐☐☐☐☐

E-mail : ....

Date de naissance : ☐☐ ☐☐ ☐☐☐☐

☐ Oui, je souhaite être tenue informée par e-mail de l'actualité d'Harlequin.

☐ Oui, je souhaite bénéficier par e-mail des offres promotionnelles des partenaires d'Harlequin.

Renvoyez cette page à : Service Lectrices Harlequin – CS 20008 – 59718 Lille Cedex 9 - France

Date limite : **31 décembre 2018.** Vous recevrez votre colis environ 20 jours après réception de ce bon. Offre soumise à acceptation et réservée aux personnes majeures, résidant en France métropolitaine et Belgique. Prix susceptibles de modification en cours d'année. Conformément à la loi Informatique et libertés du 6 janvier 1978, vous disposez d'un droit d'accès et de rectification aux données personnelles vous concernant. Il vous suffit de nous écrire en nous indiquant vos nom, prénom et adresse à : Service Lectrices Harlequin - CS 20008 - 59718 LILLE Cedex 9. Harlequin® est une marque déposée du groupe HarperCollins France – 83/85, Bd Vincent Auriol – 75646 Paris cedex 13. Tél : 01 45 82 47 47. SA au capital de 1 120 000€ - R.C. Paris. Siret 31867159100069/APE5811Z.

Rendez-vous sur notre nouveau site

www.harlequin.fr

Et vivez chaque jour,
une nouvelle expérience de lectrice connectée.

- Découvrez toutes nos actualités, exclusivités, promotions, parutions à venir…
- Partagez vos avis sur vos dernières lectures…
- Lisez gratuitement en ligne, regardez des vidéos…
- Échangez avec d'autres lectrices sur le forum…
- Retrouvez vos abonnements, vos romans dédicacés, vos livres et vos ebooks en pré-commande…

L'application Harlequin

Achetez, synchronisez, lisez… Et emportez vos ebooks Harlequin partout avec vous.

Suivez-nous ! facebook.com/HarlequinFrance
twitter.com/harlequinfrance

Composé et édité par HarperCollins France.

Achevé d'imprimer en décembre 2017.

CPI
BLACK PRINT

Barcelone

Dépôt légal : janvier 2018.

Pour limiter l'empreinte environnementale de ses livres, HarperCollins France s'engage à n'utiliser que du papier fabriqué à partir de bois provenant de forêts gérées durablement et de manière responsable.

Imprimé en Espagne.